JN319055

金田一耕助VS明智小五郎　ふたたび

芦辺 拓

角川文庫
18755

目次

本書に、わが国を代表する二大名探偵を起用するに際しましては、
横溝亮一《よこみぞりょういち》先生、平井隆太郎《ひらいりゅうたろう》先生よりご快諾を頂戴《ちょうだい》いたしました。
ここに記して、心より御礼申し上げる次第です。

明智小五郎対金田一耕助ふたたび

東京一九四七年

その放送を、二人の〈探偵〉は全く別の場所、まるで違う立場で聴いた。

——一人は、ニューギニア北岸のウエワクで、戦友たちとともに海外向けの短波放送に病み衰えた感覚をとぎすました。煮しめたような軍服をまとい、立っているのもやっとのような状態だった。

「朕深ク世界ノ大勢ト帝国ノ現状トニ鑑ミ非常ノ措置ヲ以テ時局ヲ収拾セムト欲シ茲《ここ》ニ忠良ナル爾《なんじ》臣民ニ告グ……朕ハ帝国政府ヲシテ米英支蘇《そ》四国ニ対シ其ノ共同宣言ヲ受諾スル旨通告セシメタリ……」

ふだんは内地の状況や戦局を傍受し、ガリ版刷りの報告として各隊に送るための短波通信機。それが野外に持ち出され、そこから接続されたスピーカーが高い台の上に鎮座していた。

満洲国《まんしゆうこく》には日本がはりめぐらした放送網が発達していたし、中国でも受信態勢をとのえるのにさほどの苦心はなかった。だが、南方となると格段に条件は悪くなり、ましてやこの世の地獄と呼ばれたニューギニアの、しかも他から孤立したウエワクでは奇跡に近かった。

金田《きんだ》一耕助《いちこうすけ》はその奇跡的機会を得たわけだが、やはり限界はあったとみえ、雑音だらけの音声はひどく聞き取りづらく、それが意味するところもすぐには理解できなかった。

こうした機会に恵まれなかった大半の南方戦士たち同様、彼もあとからもたらされた情報で、ようやくポツダム宣言を受諾しての無条件降伏となったことを知るありさまだった。

とはいえ、一つだけはっきりした事実があった。それは、彼の二十代半ばからの、人生で最も貴重な十年近くが空費され、いきなり残りの人生を投げ返されたということだった……。

——もう一人は、軍の暗号研究所で、膨大な文書を次々と火に投じながら、その放送に耳を傾けていた。

「……戦局必ズシモ好転セズ世界ノ大勢亦《また》我ニ利アラズ……加之《しかのみならず》敵ハ新ニ残虐ナル爆弾ヲ使用シテ頻《しきり》ニ無辜《むこ》ヲ殺傷シ、惨害ノ及ブ所真ニ測ルベカラザルニ至ル……」

膨大な紙類だけでも始末するのは一苦労なのに、精巧にできた機械や道具類を破壊するのは大変な手間であり、何より無念でもあった。だが、やらねばならなかった。

ふと思った。「どう考えても、わが方の暗号がアメリカ側に解読されています」——という彼の具申に、一切耳を貸さなかった偉いさんたちは、どんな思いでこの終戦の詔勅を聞いているのかと。——たぶん、何の責任も感じていないに違いなかった。

ここでの暗号教育と分析・解読の仕事と同様、満洲国や朝鮮半島において、彼なりの信念にもとづき、身命を賭《と》してやってきたこともまた、今後は語ってはならない禁忌となるのだろう。

語ってはならないといえば、戦時体制の高まりの中で、彼の数々の事件簿は続々と禁書目録に収まり、世の中から消し去られた。何しろ、日本人同士が敵と味方に分かれ、一方が罪を暴くのがいけないとか、犯罪自体あってはならないというのが理由なのだったから、あきれるほかない。

このあとはどうなるのか——それは、新たにやってくる支配者たちの胸三寸だった。あのころ、かろうじて許されたのは、助手の小林芳雄《こばやしよしお》やそのほかの子供たちとくりひろげた、いくつかの罪のない冒険譚《たん》ぐらいだった。それも、だんだんと圧迫を受けていった。

どう時代が変わろうと、あの手のものが禁じられることはあるまい。それどころか、後世に明智小五郎《あけちこごろう》の名を残すのは、少年探偵団の〝先生〟としてかもしれない——そう思うと、微苦笑を浮かべずにはいられなかった。

1

——苦労しいしいガタピシと窓を開けると、抜けるような青空の下に、えたいのしれない混沌《こんとん》が広がっていた。

あちこちに残る廃墟《はいきょ》、並び立つバラック、ごった返す闇市やその裏手によどむ暗黒。着実に復興の槌音《つちおと》は響き、何かが生まれてくる一方で何かが失われつつあるような気がしてならなかった。

「さあ、これからだ……」

金田一耕助は、軽く息を吸うと自らに言い聞かせるようにつぶやいた。期せずしてそれは、彼と縁深いある小説家が終戦時、心に刻んだものと同じであった。

昭和二十二年（一九四七）——金田一耕助が東京に腰を落ち着けて、すでに何か月かが経過していた。

終戦の翌年、復員船で命からがら横浜に着いた彼は、ニューギニアで死んだある戦友の依頼で、市ヶ谷《いちがや》八幡《はちまん》の百日紅《さるすべり》の樹がそびえ立つ屋敷跡におもむいた。そのあと、復員船の中で別の戦友が最期に託した願いをかなえるべく、劣悪な鉄道事情に苦しめられながら岡山に向かった。

目的地は、瀬戸内海に浮かぶ獄門島《ごくもんとう》。そこでの、妖美《ようび》をきわめ狡智《こうち》に満ちた連続殺人を解決し、同じ岡山での「車井戸はなぜ軋る」事件にかかわったあと、再び東京にもどってきた。そして、戦前のほんの一時期だけ開いていた事務所を復活させるべく動き出したのである。

なけなしの資金とやっと折り合って探し当てたのは、京橋《きょうばし》裏の人呼んで〝三角ビル〟。その名の通りの形状をした五階建てビルディングのてっぺんで、部屋は外壁に忠実に急角度をなして、訪れるものをひどく不安にさせる。

それ以前に、こんなところまでやってくる依頼人がいるかどうかが問題だった。何しろ、ここの管理人にしてからが、

「キンダイチ……ほう、珍しいお名前ですな。生まれて初めて見ましたよ。お商売は……ほう、探偵？　んーまぁ、世の中いろいろな商売の方がおられますからな。ま、こちらとしては家賃さえきちんきちんと入れてもらえれば……あ、もちろん警察沙汰《ざた》は困りますよ！」

老眼鏡越しにうさんくさそうな視線を投げつけてきたこの男に限らず、東京では『獄門島』事件など誰も知らなかった。まして戦前の『本陣殺人事件』などいくつかの手柄については完全に忘れられていた。

「まあ、何とかなるさ」

汚らしい部屋を根城にし、《金田一耕助探偵事務所》の看板——といっても、ドアに貼り紙をしただけだが——をかかげた彼は、しかし大得意であった。やたらとギシギシ音のする椅子にふんぞり返り、ひたすら事件の報を待っていた。

なぁに、戦争前にサンフランシスコから帰国し、初めて事務所を開いたときだってこんなものだった。ただ、あのときはパトロンの久保銀造《くぼぎんぞう》氏が出してくれた支度金の残りがあったが、今はさすがに彼には頼れないということだった。

だが、今この日本で、焼け跡だらけの東京で〈探偵〉という商売が成り立つものかどうか。

ついこの間まで、戦場と銃後を問わず、何百万もの人命が実に簡単に奪われ、あるいは焼き殺され、あるいは飢え死にを強いられていた。今もあっさりと人は殺し殺され、豊かな時代なら助かりそうな病に斃《たお》れ、せっかく戦地でながらえた命を不発弾に吹っ飛ばされたりしている。

そこまで人間の値打ちが落ちた世の中で、人命の一つや二つについて、ごていねいに労力を費やそうなどと考えるものがいるだろうか。しかも、決して少なくない金額を払って——。

いや、そうではない。平和になり、自由や権利が尊ばれるようになった今でこそ、自分のような存在は必要になるのだ——そう言い聞かせて、あいかわらずの門前雀羅《じゃくら》に耐えていた。

ごくたまに、何をまちがえてか事務所を訪ねてくるものもあったが、誰もがドアを開いたとたん、あっけにとられたような表情になり、ゴニョゴニョと口の中で言い訳めいたものをつぶやいて退散してしまう。

それも無理はなかった。何年もその中に閉じこめられて過ごした兵隊服への反発、さらにさかのぼってアメリカ放浪時代に感じた日本へのノスタルジアのせいか、耕助はかたくなに着物姿を通していた。

場末のレヴュー劇場の作者部屋をのぞいても、こんな風采《ふうさい》の人間はたぶんもういない。ましてや探偵事務所においてをやだ。

一方、誰もが想像する〈探偵〉は、背広をりゅうと着こなし、ソフト帽をかぶり、あざやかに拳銃《けんじゅう》をあやつる美丈夫。誰が広めたか知らないが、そんな認識が改まらない限りは彼に出番は回ってきそうになかった。

だが、耕助は待っていた。自分という存在を切に求める客がやってくるのを。金田一耕助でなければならないという依頼人が、この三角ビルの事務所を訪れるのを。

そして——ある日、彼の願いはついにかなった。

トン、トン……トン、トン……。

立てつけも悪ければ板の質も粗悪なので、実際にはもっと間の抜けた響きしかしなかったが、何はともあれ待ちに待ったノックの音に昼寝の夢をさまたげられた。

「！」

驚きのあまり何を言ったか覚えてはいないが、それが通じた証拠に、ドアはおもむろに開き、一人の青年が入ってきた。ハッとするほどの美貌《びぼう》の持ち主だった。

「あの……金田一耕助先生の事務所は、こちらでしょうか」

その青年は、彼の顔を見るなり、ひどくうやうやしい口調と物腰で言った。

「は、は、はい、そ、そ、そうですが」

思わず言葉癖を出しながら答えた彼に、思いがけない来客は続けた――

「実は先生にお願いしたい仕事があるのですが」

日々期待はしていたものの、いざ聞かされると狼狽《ろうばい》せずにはいられないセリフだった。どれぐらい狼狽したかというと、相手に渡すべく手書きの名刺をしたためようとして、住所を京橋ではなく銀座と書きまちがえかけたぐらいだった。

その青年は二十歳そこそこ。歌舞伎か新派あたりの女形《おんながた》役者ではないか、いや、いっそ若い女性の男装ではないかと疑われるほど、色白で細面で、体つきや動作からしてなよなよとしていた。

背格好も耕助とほぼ変わらないぐらいだから、決して大柄でも屈強でもない。色白なのも、雪国育ちの彼といい勝負だ。

ただ服装は、金田一のヨレヨレな和服姿とは違って、パリッとした背広上下に身を包んでいた。どう考えても吊《つ》るしの安物ではなさそうなそれは、ぴったりと細身に合っていた。

真っ白なワイシャツの襟もとにきっちりと締められているのは、レジメンタルのネクタイ。見ているだけで肩がこり、首元が締めつけられそうな気がした。

青年は、よほどこの小汚い探偵事務所が珍しいのか、目を細めたり見開いたりしながら、あたりを見回していたが、やがて思い切ったように、

「その仕事と申しますのは、恥ずかしながら当家にかかわることでして——しかもそれが、私どもだけでは何ともならず、といって警察に相談できるような性質のものでもないのでございます」

「どうか、何なりとご相談ください」

金田一耕助は百万ドルの笑顔——とは言わないまでも、その千分の一ぐらいは値つけしてもいい微笑をたたえながら、言った。豪華な調度はなく、香り高い紅茶一つ出せないからには、せめてこれぐらいしか依頼人の心をときほぐすものはなかった。

その効果があってか、その青年は椅子に座り直すと、

「金田一先生」

「は、はい」

金田一耕助は、やや気圧《けお》され気味になりながら答えた。

「金田一先生は、柳條《りゅうじょう》伯爵家をご存じでしょうか」

「柳條伯爵、と申しますと……」

ここは知っていないと相手を失望させるぞとあせったが、いきなり言われて思い出せるわけがない。それでも必死に脳味噌《のうみそ》を、ヌカミソ樽《だる》よろしくかき回した結果、

「……あっ、あの『成金兄弟が狙う美人姉妹の貞操』の、あの柳條伯爵家ですか！」

思わず叫んでしまったあとで、あわてて口を押えたが遅かった。

「おや、先生もああいうカストリ雑誌をお読みですか」

依頼人は、かすかに表情をこわばらせながら言った。

いえ、あの……とヘドモドする金田一に、依頼人は自嘲《じちょう》まじりの微笑を浮かべながら続けた。

「そうですか。どこでかぎつけたか、あのようなことを書きたてて……幸い、しかるべき筋を通して抗議をしたところ、あれきりですみましたし、他誌の後追い記事も出なかったのですが、全く以前なら考えられないことで……」

くやしそうに唇をかむと、険しげに目を細めた。そのまぶたの下からキッとばかり

に金田一耕助を見すえて、

「そうです、その柳條伯爵家です。かつては貴族院議員や陸軍の将官を輩出しながら、お定まり通り敗戦後はすっかり落ちぶれて売り食い生活――それだけならまだしも、米の飯と引き換えに人身御供《ひとみごくう》を出せとせまられるところまで来た……私はその息子で月光《つきみつ》と申します」

柳條月光――世が世なら伯爵家の跡取り息子となるべき青年は、かろうじて誇りを保つかのように、ガタつく椅子の上でピンと背筋を伸ばしてみせたのであった……。

2

美人姉妹に迫る新興成金の毒手!!

寄辺なき令嬢らの貞操の行方や如何《いか》に?

闇屋兄弟の怖るべき野望と因縁とは――


金田一耕助がその記事を読んだのは、数日前。のび放題の蓬髪《ほうはつ》をもてあまし、これではお客が逃げて帰ると、青空マーケットの一隅に出ていた街頭散髪にかかったときだった。

「こりゃ何て髪だ。櫛《くし》もハサミも通りゃしない」

と、閉口する床屋を「道具の手入れが足りないんじゃないのかい」とからかいながら、退屈しのぎにそのへんに積んであった雑誌に手をのばした。

毒々しい表紙がついて中身は薄っぺら、繊維の浮いたようなザラザラの紙に刷られた記事。ことさらにエロ・グロを強調し、しかし後の目からすればさほどでもないページの中にそれはあった。

成金兄弟が狙う美人姉妹の貞操――たたきつけるような描き文字の大見出しにヌード美人の図が添えてあったが、これは中身と関係がないらしい。

あいかわらずいい加減なことだとあきれ、だが何となく読み進めてゆくうちに内容の深刻さに引きこまれていった。

それは、この年に「新潮」に連載されて大評判となり、流行語にさえなった太宰《だざい》治《おさむ》の小説『斜陽』や、原節子《はらせつこ》主演で製作されることになる映画「安城家《あんじようけ》の舞踏会」を思わせながら、それよりさらに俗悪きわまりない悲劇だった。

――戦争前は家門の誇りをふりかざし、大いに羽振りをきかせた華族階級。だが、今年五月の新憲法の施行とともに公・侯・伯・子・男の爵位は廃止され、そのプライドの裏づけとなってきた世襲財産の保証やお上からの恩賜金もなくなった。

だが、それ以前に彼らは大打撃を受けていた。昭和二十一年十一月に制定された財産税によってだ。

これは国庫の不足を補うために、十万円を超える財産を保有するものから容赦なくその一部をもぎ取ろうというものだ。そろそろ〝ゴールデンバット〟に名前を戻したらどうかと思われる「金鵄《きんし》」が、この四月に十本入り二円五十銭に値上がりしただけで生活に支障を生じる耕助には無縁な話だが、とにかくそれはすさまじいものだった。

もっとも、いくらお金があったところで、配給券を持って行かないと売ってもくれないし、かといって自由販売のピースは二十円とバカ高く、これさえも行列して買わねばならないのだが。

それはともかくとして、財産税の税率は十万円超で二五パーセント、十七万円超で早くも五〇パーセントに達し、百万円超で七〇パーセント、千五百万円を超えると九〇パーセントに当たる金額を納入しなければならないのだ。

千五百万円などますます夢のような金額だが、華族は家屋敷や土地山林、株券、さらには先祖伝来の書画骨董《こっとう》などをふくめれば、それを超えてしまうことも珍しくない。その九割を持っていかれたらどうなるか。

こうして、昨日までのお殿様がただの人に落ちぶれ、奥方やお姫様とたてまつられていた女性たちが質屋通いや内職に精を出さざるを得なくなった。

貴重な美術品や文化財が二束三文で買いたたかれ、多くは海外に流出した。国内にはそんなものを買う余裕のあるものなどほとんどいなかったのだから、当然の話だ。だが、そんなことはまだいい。もっと悲惨でもあり、許されるべきでもないことがあった。

それに関し、記事は次のようにうたっていた。

——元の柳條伯爵家といえば、旧・赤坂《あかさか》区青山に洋館和館からなる豪壮な邸宅を有し、貴族院議員をつとめた家柄の武家華族で、当代の清久《きよひさ》氏は芸術にも理解ある風流君子であったが、ご多分にもれず終戦後は没落の一途。これ全て「皇室の藩屏《はんぺい》」を名乗りつつも公的には何の実力なく、私生活においても世間知らずぶりを露呈した旧華族の好例以外の何ものでもないが、ここに新憲法施行され、国民こぞりて民主主義を享受する今の世にあるまじき人身御供、子女売買の醜行が行なわれんとしている……。

「私の父、元伯爵・柳條清久は、一部でささやかれているような世間知らずでもなければ、無能な人でもありません。実際的な生活能力というものを欠いていたのは確かですが、芸術家や学者にそんな人は珍しくもないでしょう。ただ、父にとって悲劇だったのは、そうした能力を必要としなかった人が、いきなり困窮と空腹の中に投げこまれ、私たち身内を支えなければならなくなったことでした……」

その青年——柳條月光は、若いのに似合わず淡々とした口調で言った。ついこの間、カストリ雑誌で大々的に書きたてられた記事の中に、確か彼のこともふくまれており、今その当人が目の前にいるというのが、何となく不思議な感じがした。

「確か、伯爵夫人――つまり、あなたのお母様も名家の出身でいらっしゃいましたね。確かお公家さんのご出身で」

金田一耕助が口をはさむと、柳條月光は哀《かな》しげな表情になりながら、

「ええ、母もその点では同様で、年は重ねても人形のように愛らしいかわり、意志や決断というものにはおよそ無縁な人でした」

〝でした〟という言い方に、耕助はハッと相手を見返した。柳條月光はうなずいて、

「ええ、母は戦時中から健康をそこなっており、終戦後まもなく亡くなりました。たぶん、肉体的にも精神的にも疲れきっていたのでしょう。とにかく父母だけでなく、一族を見回しても名誉職以外でまともに働いたことのあるものはほとんど見当たらない始末。急には働き口も見つからず、やむなく売れるものは売り、抵当に入れられるものは入れ、多数いた使用人には暇を出すことで何とかしのごうとしました」

「……そうするしかなかったでしょうね」

耕助としても、そうとしか答えようがなかった。

「すると、ご家族はあなたのほかには……？　あなたがご長男に当たられるのですよね」

「いえ、大陸で戦死した兄がおりまして、私は二男ということになります。ほかには一つ年上の花陽《はなよ》という姉がおり、あとも女きょうだいばかりで妹の雪夜《ゆきや》が満で十八、末の星子《ほしこ》はまだ十一歳です。ほかには、祖父の代から仕えていて、どうしても馘首《かくしゅ》するに忍びなかった阿野田駿吉《あのだすんきち》という家令と、田毎《たごと》スミという賄い女中がおります。いずれもお家第一の律義者です」

（この月光という御曹司を入れて、雪月花に星か……）

金田一耕助は心の中でつぶやいた。最初の三つは、『獄門島』事件の苦い記憶をよみがえらせるものだったが、そこに星が加わっている。そのことから、

「もしや、ご両親は宝塚の少女歌劇がお好きでしたか」

ふとあることに気づいて訊《き》いてみた。

すると柳條月光はきょとんとした顔で、

「はい……そういえば有楽町の、今は進駐軍専用のアーニー・パイル劇場になっているところへよく家族連れで行ったものですが。それが何か？」

「いえ、何でもないんです」

耕助はあわてて手を振った。

――大正八年（一九一九）に発足した宝塚少女歌劇団が、公演数の増加にともない花組と月組に分かれたのはその二年後のこと。さらに大正十三年には雪組、昭和八年

には星組ができたが、この四番目の組は時局の悪化にともない昭和十四年に廃止され、再び花・月・雪の三組体制となった。

月光は二十二、三といったところだから、姉娘の花陽は大正の末生まれ。二女の雪夜にしても末娘の星子にしても、それぞれの組ができたあと生まれたということになり、辻《つじ》つまが合う。

当の本人が自分の名の由来に気づいていないのも妙な話だが、親の心子知らずでそんなこともあるのだろうと納得し、

「失礼しました。どうかお話の続きを」

とうながした。

柳條月光は「わかりました」とうなずいてから、

「まぁとにかく、そんな次第で、戦後すっかりやる気をなくした父を支えて、姉の花陽とすぐ下の雪夜の実質三人で家を切り盛りしてきたのですが……そんなさなかに次々と群がってきたのが、悪知恵の働くしたたか者たちだったからたまりません。いいように食い物にされ、身ぐるみはがされて、しかも大した金にはならないという悲惨な状況におちいってしまいました。母が亡くなったのはそんなさなかのことで、そのことに絶望した父は、正常な判断力を失ったのか、かつての取り巻きの一人が持ちこんだ怪しげなもうけ話に引っかかってしまったのです……」

そのあたりのことは、くだんの雑誌にも書いてあった。

それで大損するだけなら不幸中の幸いだったが、一大詐欺事件に発展したそれの主犯の座を押しつけられて拘引され、今は何と小菅《こすげ》暮らしとのことであった。

「そ、そ、それはお気の毒に」

耕助は、ひどく気まずい思いで言った。宝塚がお好きだった元伯爵が、今は牢屋《ろうや》の中とは！

何となぐさめたものか、言葉に窮するあまり、思わず髪の毛に手を突っこんでガリガリ、バリバリと引っかき回したい衝動にかられた。

「まあ、これぐらいはまだ序の口でして」

柳條月光は、かすかに唇をゆがめて、

「そうなると、いよいよわが家はいい食い物で……そこに現われたのが、戦争前はわが家に出入りしていた小商人のせがれで戦後一気にのし上がった男と、その弟でした。確かあの記事には、威勢と報復を恐れてか名前が出ていなかったと思いますが？」

「ええ、確かそうでした」

耕助が答えると、柳條月光は吐き棄てるように、

「ずいぶんひどい話じゃありませんか。私たちのことは、平気で実名を書いたくせに」

「た、確かにひどいというか、何というか」耕助は答えた。「もっとも、それぐらいの尻《し》っ腰《こし》だから、抗議を受けて引っこんだのでしょう」

柳條月光は「かもしれませんね」と皮肉な笑みをもらして、

「この兄弟……ええっと、兄が星野《ほしの》夏彦《なつひこ》、弟が冬彦《ふゆひこ》といい、十幾つ歳が離れています。戦前は夏彦はわが家の運転手などをつとめたこともあり、私にもうっすら記憶があるのですが……」

星野夏彦はお定まり通り、戦後は何でも売ります買いますが触れこみのよろず屋稼業を振り出しに、土建業やキャバレー、映画館経営に手を出し、成功を収めた。今は自動車修理工場を買収して中古車の販売業に乗り出そうとしていた。ゆくゆくは自動車製造販売までを手がけたいという鼻息の荒さだった。

弟の星野冬彦は、兄がいかにも押し出しの強い闇屋の親方といった風情なのに比べると、似ても似つかぬインテリタイプで、夏彦がまだしも漂わせている親分肌の人情味などは、みじんもない。

細ぶちの眼鏡をかけて、いつも何か計算しているのが示すように、兄が社長をしている会社の経理担当。それだけではなく、まがりなりにも企業の体裁がととのってからは、経営方針や戦略を決定する参謀役をつとめていた。

「彼らは確かに、柳條の家のために働いてくれました。莫大《ばくだい》な借金の肩代わりを申し出てくれたばかりか、わが家の財産を二束三文で買いたたこうとした連中を追い出してくれましたし、こちらをだまそうとした詐欺師に対しては、そのしっぽをつかんで逆に示談料をしぼり取るありさまでした。しかし、星野兄弟の真意は、かつての主家に対する恩返しというようなものではなかったのです……」

そりゃそうでしょう、と耕助は答えかけて口をつぐんだ。

「彼らの狙いは、姉と妹にあったのです。姉の花陽ばかりか、女学校を出たばかりの妹の雪夜までも虎視眈々《こしたんたん》と狙っていて、身を任せるなら借金は棒引きにしてやるどころか、すでに売ってしまった土地建物や家宝まで、買いもどしてやろうというのです

——結納金がわりにね」

「それは、ひどい……」

耕助は思わず声をもらした。と同時に、今がそうした逆転劇、下剋上《げこくじょう》を可能にする千載一遇のときなのかもしれないと思った。

「今やわが家は、半ば星野の別宅のようなもので、勝手に上がりこんでは恩着せがましく新しい家具や調度を置いていったりします。そして、そのたびにしつっこく姉や妹に言い寄るのですよ。こないだなんか、プレゼントと称してピアノや最新式の電蓄を持ってきましてね。どうせ、西洋音楽など聴いたこともないくせに。……どうかされましたか？」

「いや、いま一瞬だけ星野兄弟に同情が……いや、何でもないです。と、と、ところで」

月光にそれ以上突っこまれまいと口をはさんだ。

「そ、それで、ぼくへの依頼のご用向きというのは、いったいどういうことなんでしょうか。ぼくはいったい何をすれば……?」

「はい、それについてなんですが……あの、それをお話しする前に、いっしょに来ていただきたいところがあるんですが」

「ど、ど、どこへですか」

けげんな思いで聞き返す耕助に、柳條月光は答えた。

「ええ、ちょっと洋服屋にね」

3

その翌日の午後のこと、金田一耕助は何とも落ち着かない気分でフォークとナイフを動かしていた。

久々の洋服姿だった。それもあって、ワイシャツの襟とネクタイに首を絞められている感覚が何とも気持ち悪く、何度も襟首に指を突っこんだり結び目をゆるめたりするうちに、とうとう格好悪くほどけてしまった。

幸いだったのは、ここがプライベート・グリル、個室形式でそんな醜態を相客に見られる心配がなかったこと。だが、むろん例外はあった。

いきなり、トントン……とノックの音がしたかと思うと、

「失礼いたします」

と部屋の外から声があって、ボーイが神妙な顔で料理を運んできた。それですっかりあわててしまい、ネクタイを引っ張ったところ、自分で自分の首を絞めてゲッとなったりした。

「しかし、現われないな、それらしいのがいっこうに……」

耕助は思わず独り言をもらした。個室で洋食だなんて戦前も戦後もなかったことだが、安閑と舌つづみを打ってはいられない。今はれっきとした仕事中、それも久々に探偵としてのそれなのだから。

ここは銀座のレストラン、《アスカニヤ》。一階を入ったところは化粧品店になっており、奥は喫茶部。階上にはプライベート・グリルがあって、金田一耕助のいるのはその一室だった。

薄くチェック柄の入った背広上下に臙脂《えんじ》のネクタイ。しかも襟のボタン穴には花飾り《ブートニエール》を挿しているという伊達《だて》者ぶり。おまけに素通しとはいえ、これまでかけたこ

とのない眼鏡が鼻の上にのっかっているのがうるさくてしようがない。

心の中でぼやいたが、変に律義なところもある彼としては外すわけにもいかなかった。

（まいったな、こりゃあ……変装は苦手なんだよ）

なぜ、およそ彼には似つかわしくない場所で、こんな似合わない格好をしているのか。あのあと柳條月光が述べた依頼の内容とは、次のようなものだった。

「実は……星野兄弟が、最近また妙な動きをしていて、どうもそれがいよいよ私たちの家をがんじがらめにして、どうでも花陽や雪夜をわがものにしようというたくらみを立てているらしいのですが、そのために、誰かとひんぱんに打ち合わせをしているらしい。しかも困ったことには、その誰かというのが、私たちの側の人間ではないかという疑いが生じてきたのです。落ちぶれても柳條家、星野たちのような金力はないにせよ、何かと助けたり励ましたりしてくれる知人や親戚《しんせき》には事欠かないのですが、どうもその中に敵方に寝返ったものがあるらしい。

星野たちはそうした裏切り者と組んで、私たちでさえ知らないわが家の弱みや、それとは反対に隠し財産のたぐいを探り出そうとしているらしく、そのために週に一度、銀座の《アスカニヤ》の決まった部屋で会合を持っていることがわかりました。何とかその内容と、何より相手方の正体を突きとめなくては、いつどういうことになるか知れたものではありません。何より心配なのは、それを種に強引に姉や妹をわがものにしてしまうことで、それだけは何としても防がなくてはならない。

とはいえ、私は顔を知られていますし、星野らが会うのが私の旧知だったらすぐに見あらわされてしまいます。第一、彼らが密会しているときに、私が不在にしていたことが知られては何にもなりません。そこで金田一先生、あなたにこの役目をお願いしたいのです。私の名で彼らがいつも取る個室の隣を予約しておきますから、彼らの会話の内容を探り、顔写真を撮ってきていただきたい。……え、写真機をお持ちでない？　探偵なのに？」

「いやあ、ぼくは天眼鏡とか巻き尺とかは使わない主義でして。そのかわり、もっぱらここを、ね」

雀《すずめ》の巣のような頭を指さしながらごまかしたが、月光はニコリともせずに、

「ようございます。写真機は父が買い集めた小型のものをお貸ししましょう。どっちみち、衣装一式替えていただかないといけないのですから」

「あの、そのことなんですが」耕助はおずおずと訊《き》いた。「どうしても行かないといけませんか」

「当たり前です。その格好で銀座のプライベート・グリルに入るつもりですか」

にべもなく言われて、耕助は三角ビルに劣るとも優《まさ》らないという焼けビルの中の、

それでもずいぶん小ぎれいな洋服屋に連れて行かれた。

まさかオーダーメイドしてくれるのかと期待したが、さすがにそこまでのことはなかった。たった一人で店を営んでいるらしき老職人が、出来合いの背広上下をまたたく間に手直しし、おろしたてのワイシャツとネクタイを添えて渡してくれた。

店内にはほかに好みのものがあったが、聞き入れられるふんいきではなかった。もっとも、そこまで強引にやるということは、事態の切迫と依頼人の焦りを物語るといえなくもなかった。

張りこみをするには、もっとも都合がよくて、同時に悪い場所だった。ここにいれば、誰にも見とがめられないかわり、容易にほかの部屋のようすを知るわけにもいかない。隣室がその会合場所だというのだが、必ずそことは限らないかもしれない。

そのため、ときおり個室の外に出てみたり、壁にぴったり耳をつけたりしたものの、いっこうにめざす相手がやってくる気配もないのだった。

それどころか、中途半端な時間帯のせいか、個室にいるのは自分だけらしい。これはいったいどういうことなのか。

考えれば考えるほど伊達眼鏡が気になって、とうとう外してしまった。とたんにノックの音がして、またボーイが入ってきたものだから、また大あわてでかけ直すはめになってしまった。

食べ終えた料理の皿を片づけ、また出て行こうとする背中に、

「あの、デザートを頼めるかな？　それとコーヒーも」

この際、食いだめをしておくにしくはなかった。勘定がいくらになろうと、請求書は世が世ならば伯爵位の後継者である柳條月光に回されることになっていたからだ……。

＊

——その人物は、まるで悪夢の中から現われたような姿をしていた。

雨も降っていないのに、ヌメヌメとした緑色の合羽《カッパ》みたいなものをすっぽりかぶり、同じ材質と色のフードでおおわれた頭部からは、飛行機に乗るときのような防塵《ぼうじん》眼鏡がカエルの目玉みたいに突き出している。

口元はぴっちりとボタンを留めた立て襟におおわれて、わからない。いくらこんな混沌《こんとん》とした世の中でも、あまり往来を歩いてはいそうにない。

にもかかわらず、その両棲類《りょうせいるい》めいた人物は現われた。敗戦後の混沌から一歩離れたような一帯にあって、ひときわ瀟洒《しょうしゃ》でどこかお伽噺《とぎばなし》めいた邸宅に。

緑衣をまとった怪人物は、忽然《こつぜん》とそこの庭園に現われた。以前は季節の花をとりどりに咲かせていた場所は、作物を植えるために無残に掘り返され、今はそれも行き届

かぬと見えて雑草があちこちで伸び放題になっていた。

そこを横切り、ゆっくりと母屋に近づいてゆく姿が、付近の住民によって目撃されている。

次いで緑衣の怪人は、その邸宅の勝手口に姿を現わした。

土間にかまどをすえた厨房《ちゅうぼう》を通り抜け、平然と上がりこんでゆく姿を、この家の使用人である中年婦人と、出入りの御用聞きの若者が目撃している。

あまりの異様さに、とっさに声もかけられないでいるうちに、緑衣の怪人は廊下の奥へ姿を消してしまった。

一瞬立ちすくんだ御用聞きだったが、使用人の女性の制止を振り切ってあとを追うと、前方でドアがパタリと閉じられた。やや遅れてノブに飛びついたのだが、錠が下ろされたか開かない。

鍵穴《かぎあな》があるのに気づき、身をかがめてそこに飛びついた御用聞きは、驚くべき光景を見た。彼はあとでこう語っている——。

「へえ、そのときあたしが見たのは、こちらの若さまがあのミドリガエルみたいな化け物と壁を背にして取っ組み合い、必死にしがみつくそいつをもぎ放そうとしてらっしゃるところで、とても苦しそうなお顔でした。すぐに脇にそれて鍵穴からは見えなくなってしまったのですが……そのあとも話し声らしいものが聞こえて……ええ、それも確かに若さまのものでした。たぶん、あの化け物と言い争ってらしたんだと思います。あとで思えば、あの部屋の反対側から回りこめばよかったんでしょうが、何せよそさまのおうちですから、そこまでの勝手もわからず、ずうずうしいまねもできず……で、やたらとドアをガチャガチャやって、こいつぁどうにかブチ破るほかないなと思ったときでした。何と、そのとき……」

そのとき轟然《ごうぜん》と鳴り響いたのは、明らかに銃声だった。それも相当な大口径、長銃身のそれだ。一瞬でそう聞き分けたのは、この御用聞きも兵隊あがりで、そのへんには耳が肥えていたからだった。

「どうした！」

塩辛声で叫びながら駆けつけたのは、もう一人のここの使用人である老人。あわてふためいた使用人仲間の女性から事情を聞くと、金壺眼《かなつぼまなこ》をギョロつかせて、

「もしやお嬢さま方の身に何か？　若さまはどうなされた？　お出かけと思ったら、ご愛用の側車《そくしゃ》があったからご在宅のようじゃが……」

「その若さまがえらいことなんですよぉ！」

御用聞きは閉ざされた戸口からすっとんで帰ってくると叫んだ。

「なにっ」

老人は叫ぶと、はだしのままで庭に飛び出し、建物の外側をめぐって玄関から中に

駆けこんだ。

「若さまぁ！　お嬢さま方ぁ！」

いかにも忠義者らしく古風な叫びをあげながら、老人は廊下を駆け、御用聞きの若者もわけのわからぬままそのあとを追った。

すぐさま居間兼食堂にたどり着いた彼らが、その先に見たものは、おびえて立ちすくむ二人の女性の姿。正確には、うち一人はまだ少女というべきだったが。

その先には、しじゅう出入りするため、いつも開け放たれている折りたたみ戸がぴっちりと閉められていた。

やがて、彼らはその向こうにとんでもない光景を見ることになる。血みどろで、痛苦に満ちた最期をとげた一人の男の死の現場を。

4

それよりほんの少し時はさかのぼり、ところは旧・麴町《こうじまち》区の三番町《さんばんちょう》——。

今年の三月、神田《かんだ》区と合併して千代田区となったそこに建つ西洋館の書斎らしき一室で、電話のベルがけたたましく鳴り響いた。

その場に居合わせた、リンゴのようなほおをした詰襟服の少年が反射的に手をのばす。だが、それより一瞬早く、一人の美しい女性が受話器を白く細い指にからめ取っていた。

「はい、こちら明智探偵事務所……さようでございます。……はい？　もしもし、もしもしっ」

その、このうえなく女性的でありながら、かたわらの少年に劣らず少年っぽさを有した面ざしが緊張にこわばった。

「――文代《ふみよ》さん？」

少年は小声で話しかけた。すると、文代さんと呼ばれた女性は受話器を耳から離し、少年の方に近づけた。受話口から流れ出てきたのは、断末魔のそれかと疑われる荒い息づかいとうめき声だった。

「い、痛い、苦しい、助けて……あ、け、ち……せん、せい……」

たちまち少年の顔に尋常でない驚きが広がる。その耳に、女性の鋭いささやきが吹きこまれた。

「すぐ先生をお呼びして。それと、ご近所の電話を借りて警視庁に電話。急いで！」

「わかりました！」

少年――小林芳雄は言うなり脱兎《だっと》のごとく駆け出した。

その後ろ姿を見送りながら、明智文代は一心に聴覚をとぎすまし、電話線の向こうで死にかかっているらしい男とその居場所についての手がかりをつかもうとした。なおも続く息音、みるみる不明瞭《ふめいりょう》になってそれと区別がつかなくなる言葉。ふいに、その背後からバタバタという足音とともに聞こえてきた声があった。電話のノイズとまじって聞こえづらかったが、

――オ兄サマ、オ兄サマ！

――ドウシマシタ月光？　アアッ、コレハ……月光！

二人分の声で、確かにそう叫んでいた。

それが何を意味するのか、文代がさらに耳をこらそうとしたとき、
間近からの優しい声があった。

「――どうかしたかね？」

ふりかえると、そこには彼女の夫がスモーキング・ジャケットをまとい、いつに変わらぬ微笑をたたえてたたずんでいた。ある人にとって、それは胸襟を開かせる鍵《かぎ》であり、人によっては奥底のしれない薄気味悪さを感じさせる表情であった。

誰もが知る名探偵・明智小五郎――。戦前は麻布《あざぶ》区竜土町《りゅうどちょう》、戦後は釆女町《うねめちょう》の《麴町アパート》に事務所を構えた彼が、その端境期に根城を置いていたのが、ここ千代田区三番町だった。

「あなた、これを」

文代は夫を見すえながら、受話器を手渡した。

彼——明智小五郎は微笑を浮かべたまま、それを受け取ったが、まもなく真顔になると、

「もしもし、もしもし！　誰かいるならこの電話に出てください。もしもし、もしもしっ！」

よく響く声で呼びかけた。しばらくは何の返答もないようすだったが、やがて、

「もしもし、こちらは探偵の明智小五郎です。何がありました？　ああ、どうか落ち着いて……。人が——亡くなった？　そちらはどこですか？　はい、はい……」

文代がすかさず差し出したペンと紙切れに、すばやくメモを取った。折も折、息を切らして帰ってきた助手の小林少年に、

「小林君、車を頼む。行き先は世田谷区《せたがや》緑ヶ丘町《みどりがおかちょう》の柳條元伯爵邸だ。……はてね、柳條伯爵といえば確か青山あたりに屋敷があったと思ったが」

「先生、あのあたりは終戦の年五月の山の手大空襲で丸焼けになってしまいましたよ」

小林少年が言うと、明智はやや暗い顔になりながら、

「そうか、そうだったな……いくら暗号を解読しても、わが軍には『信じたくないものは信じない』という技があった。あぁいや小林君、とにかく頼んだよ」

「はいっ」

少年助手は疲れも見せず、また全力疾走で飛び出していった。一方、明智から受話器を受け取った文代は、

「これ、もう切れてますよ」

明智は「うん？　何も切らなくてもいいのに」と一瞬いぶかしんだが、

「じゃ、ちょっと行ってくる。あとの連絡は頼んだよ」

「ええ、もちろん……待って、お着替えがまだよ、あわてん坊さん。いつもの黒の背広でよろしいわね」

「ああ、それでいい」

そこは慣れたもので、おなじみのあのライバルもかくやというスピードで、夫をりゅうとしたスーツ姿に変身させた。

こうして、明智小五郎は乗り出したのだった——戦後まず取り組み、主として子供たちを熱狂させた『青銅の魔人』事件などとは明らかに違う、本格的な殺人捜査に。

＊

——金田一耕助にとっては、わけのわからないことの連続だった。

結局、銀座の《アスカニヤ》には誰も現われず、時間切れとなる前に料理は尽き、

デザートのあとはコーヒーと紅茶を交互に飲み、お冷やを何度となくお代わりして粘りに粘った。

しかたなく三角ビルの事務所にもどり、服を脱いで和服にきがえた。ようやくホッとしたところで、

(いったい何だったんだろう……はっ、まさかぼくが留守の間に、うちの事務所の地下を掘って近くの銀行との間にトンネルを築いたとか?)

そんな推理をひらめかせたあとに、ここがビルの五階であることを思い出した。この床に穴を掘っても、どこにも行けそうにない。

ないといえば、柳條月光からの連絡もいっこうにない。

何とはなし、不審と不信がつのった。耕助がたまたま口走ったカストリ雑誌の暴露記事に沿うように明かされた元伯爵家の内部事情。何だかうまくだまされたような気が、ほんの少しだがしてならない。

(そもそも、あの青年は本当に元伯爵の息子だったのか?)

そんな根本的なことさえ気になってきた。

やにわに椅子から立ち上がると、部屋のすみに積み上げられた雑本の山を引っかき回した。やがてつかみ出したのは『華族大観 大正十年版』と題された本。

その「伯爵之部」を開き、配列が五十音順でないのに苦労しながら、次の項目を見

つけた。

従三位勲五等
貴族院議員　伯爵　柳條清久《リウデウキヨヒサ》
　　　　　　　　　夫人　倭子《ヤスコ》
　　　　　　　　　長男　一鳥《カズトリ》

そこには柳條月光の名も姉妹だという花陽、雪夜、星子の名前も見当たらなかった。さてはと思ったが、この本が出たときにはまだ生まれていなかったのだから当然だ。それに、彼らの名はあのカストリ雑誌の記事にふくまれていた。してみると、この一鳥というのが「大陸で戦死した兄」なのだろう。こんな資料というのは年代ごとに持っていないといけないのだなと痛感された。もっとも、そんな金がどこにあるかという話だったが。

ともあれ、今日の首尾について報告しないわけにはいかない。その連絡先は聞いてあったから、どのみちこちらから動かねばなるまい。しょうがない、とふだんあまり出番のない電話機に手をのばしかけたとき——

ドンドン、ドンドンドン……ドアにノックというよりは、誰かが体当たりしているような乱暴な音がした。

「どうぞ」

と応じるが早いか、ふだんならガタピシと抵抗するのを勢いよく開いて、ドヤドヤと入ってきた一行があった。いずれもこの食糧難時代にあらがうかのように屈強そうで、どれをとってもこわもてな男たちだった。

「――キンダイチ・コウスケさんだね」

男の一人が言いにくそうにではあったが、正確な読み方をした。同じ苗字《みょうじ》を持つ某言語学者は、その読みにくさのせいでさんざん苦労したそうだが、その点は彼と同じだった。

で、いきなり何ごとかとおびえながらも、ひょっとして自分も少しは有名になったのかと思っていると、

「こういうものだ。ちょっと来ていただこうか」

男たちの一人が、「警視庁」と金文字で記した手帳を申し訳程度にちらつかせた。次の瞬間、左右からがっしりと肩をつかまれ、小柄な彼は足を宙に浮かせてしまった。戦前戦中のオイコラ警察とはすっかり様変わりしたというのが、うそのような強引さだった。

「ぼ、ぼ、ぼくがい、いったい何を……」

必死に問いかける耕助の言葉をさえぎるように、

「いいから、来てもらおう。連れて行け」

手帳の刑事がどなるように言うと、部下らしい男たちにあごをしゃくってみせた。

またしても、わけのわからない展開であった。これでは、まるで犯人あつかいではないか。

ということは、何か事件が？　まさか、ほんとに自分を容疑者だとでも――？　不安と好奇心をかきたてられながらも、耕助はため息をつかずにはいられなかった。

――自分がもっと有名な探偵なら、こんな平刑事はもちろん本庁の警部殿からも「先生」呼ばわりされるだろうに残念無念だ。だが、そうなるには、まだまだ時を重ね実績を積む以外ないようだった。

引きずり下ろされるように一階まで連れてこられると、そこで待っていた警察自動車に押しこめられた。

それからしばらくの間、ときに悪路にゆられながら着いたのは、昭和初期にようやく東京市に編入された世田谷区の一角、緑ヶ丘町と呼ばれる閑静な住宅街だった。

「おや、あれは……」

金田一耕助は前方に目をこらし、思わず口にせずにはいられなかった。

すでに周囲は暗くなりかけた中で、車の行く手に見えてきた建物だけが、くっきりと明るく浮かび上がっていたからだ。

周囲と比べても、ひときわ大きな敷地内に建つその館《やかた》は、電力統制のご時世というのに、窓という窓に灯《あか》りがついていた。

アラベスク文様をほどこした門扉の前には、新聞記者らしき男たちがつめかけており、彼らが騒ぐ声の合いの手のように、目もくらむような光がはじけた。報道写真機《スピグラ》を手にした写真班がおしげもなく使い捨てる閃光電球《フラッシュ・バルブ》だ。

シュウシュウと火花と煙をあげて燃えるたいまつみたいなものは、ニュース映画用の照明具らしかった。さらに後方には、社旗を立てた自動車がずらりと並んでいて、こうこうとヘッドライトを照射している。

それらに照らされて、石積みの門柱にはめこまれた表札がはっきりと読み取れた——「柳條」と。

あっ、ここは……と驚くと同時に、たぶんそうではないかという予感が的中したことを自覚している暇はなかった。

「元の屋敷を空襲で焼け出されてこっちの別邸に移ってきたらしいが、どうして豪儀なもんだなあ」

さっき手帳をちらつかせた刑事が感慨深げに言うと、前部座席から若手らしい一人が、

「これでも、かつての何分の一かに逼塞《ひっそく》したらしいですよ」

「そんなものか……よし、適当なとこで止めてくれ」

門の内側には車寄せがないらしく、自動車はその真正面で停止した。そのあとが大変だった。

何しろ殺気立った報道陣の怒号とまばゆい光のただ中に、捜査官を乗せた自動車が着いたのだからたまらない。

金田一耕助は刑事たちともども、たちまちもみくちゃにされ、やっとのことで玄関にたどり着いたときには、着物の前ははだけるわ、袴《はかま》も半回転して脱げかかるわとすっかり着くずれてしまっていた。

柳條邸は、西洋館といってもモダンで優美なスパニッシュ・スタイル。その特徴であるアーチ形が多用されていた。清久伯爵が何かと旧式で不便な本宅での生活を嫌い、別邸として建てたものだった。

これが昼間なら、その明るく開放的な印象がいっそう増したことだろう。もちろん、その場合でも門前に押し寄せ、すきあらば邸内に入ろうとするハエみたいな記者たちには殺虫剤をふりまいて取り除いておく必要があった。

どれもこれもじっくりと嘆賞したい応接間その他の部屋をしりめに、建物の奥に進んでゆく。やがて居間とおぼしき広々とした一室に足を踏み入れたとき、

「やれやれ、やっとご到着ですかね、金田一さん」

言いながら、のっそりと大きな図体《ずうたい》を現わした中年男があった。金田一耕助はその顔を見るなり、

「こ、こ、こ、これは等々力《とどろき》さん！」

喜びと安堵《あんど》のあまり叫んでしまった。

そう、そこにいたのは警視庁捜査一課第五調べ室の等々力警部。金田一耕助とは《キャバレー・ランターン》における二重殺人――「暗闇の中の猫」事件で遭遇したばかりだった。

そうか、さっき自分の名前が読み違えられなかったのは、この警部さんのおかげか――と納得するまもなく、等々力警部は何ともいえず複雑な表情で言った。

「金田一さん、あんたまた妙なことに巻きこまれたね」

「妙なこと……？　いや、そんなことよりですね、警部さん」

耕助は警部の言葉にドキリとしたが、一番かんじんなことを知らない自分に気づき、問いかけた。

「こちら――柳條家に何かあったんですか。ぼくはまた、どうしてここに連れてこられたんですか？」

「どうしてここにって、あんた」

等々力警部はあきれたように言った。

「そりゃ、殺しの被害者が、君の手書きの名刺を持ってたら、そりゃ呼びつけられもするだろうよ」

「何ですって!?」

金田一耕助は、自分でもびっくりするような大声をあげた。思わずその場で飛び上がってしまったせいで、古びた袴のすそが女学生のスカートよろしくヒラヒラとひるがえった。

5

——その死体は、チェス盤を思わせる市松模様の床の上に倒れていた。

そこはやや小さめの談話室といった感じの洋間だった。

中央にはテーブルと椅子があり、壁際のライティング・デスクに自動式電話機が置いてあった。居間と厨房《ちゅうぼう》方面をつなぐここを置き場所に選んだのは、電話は使用人が取り、主人たちが使うものという考えからだろうか。

だが、そんなことより確かめねばならないことがあった。金田一は、ちょうど運び出される寸前だった死体のそばにかがみこんだ。

うつぶせになり、首をほぼ九〇度近くひん曲げた姿勢でこときれている。上着の背中が日の丸のように赤く染まっていて、受けた傷の大きさを物語っていた。死者は見まがいようもなく、あの柳條月光だった。横顔があらわになっているおかげで、確認はすぐに取れた。

(ついこのあいだ、うちの事務所に来た人が……ぼくの依頼人が何でこんなことに……)

驚きとともに金田一耕助を打ちのめしたのは、はげしい悔恨だった。自分を頼ってきた顧客が、こんなにもあっさりと、そして無残に殺されるというのは、探偵としてこのうえない屈辱だった。

それにしても、何という死に顔だろう！　あの女性的でもあった美貌《びぼう》は醜くゆがんで、死を迎える際の恐怖と苦痛と、それから絶望を刻んでいるようだった。

それも無理はなかった。ちょうど死体の搬出に来た係官の手で、柳條月光の死体は床から担架に移されようとしたのだが、そのとき死体の前面が耕助の眼前にさらけ出された。

「！」

金田一耕助は目をみはり、と同時に目をおおいたくなった。まるで、あの南方の戦線がよみがえったかのようだった。

柳條月光は、胸の下から腹部にかけてを大きくえぐり取られ、挽肉《ひきにく》料理のように粉砕されていた。つまり直撃を受けたのは体の前側であり、背中の日の丸は余波にすぎなかったのだ。

いったい何でこんなことを……と周囲を見回すうち、床に奇妙なものが落ちているのに気づいた。

そのまわりをチョークで丸くかこってあることからすると、重要な現場証拠の一つだろう。いや、そんな印などなくとも、これがただごとではない代物なのはわかった。

長さ二十数センチ、木と金属の部品を組み合わせたそれは、一見してピストルとわかった。だが、それにしてはずいぶん古風で、しかも寸詰まりな形をしており、何よりの特徴として銃口部分が先になるほど広がっていた。

(これは、エロール・フリンあたりの海賊映画で見たような……いわゆるラッパ銃というやつだろうか)

それは、その名の通りラッパのように末広がりになった先ごめ式の銃器で、足元のゆれる船上の戦いで、すぐに火薬や弾をこめられるように銃口が広げてある。そのため海賊や海軍軍人に愛用され、複数の弾をつめて散弾銃のように使うこともできれば、弾がつきれば石だの何だのので代用することもできた。

そのかわり命中率は低く、もっぱら至近距離で用いられたというが、もし月光がこれで撃たれたのなら、あのむごたらしい傷も当然というほかなかった。

だが、いったいどうしてこんな……と首をかしげた耕助の耳に、こんな声が飛びこんできた。

「へえ、あたしがあすこの鍵穴《かぎあな》から、ミドリガエルの化け物と若さまが取っ組み合っているのを見つけ、家令の阿野田さんといっしょにこちらに駆けつけたときには、居間とあの部屋の間にある扉は閉まっておりました。一、二度だけ、荷物運びのため上がらせていただいたことがあって、そのときはちょうど今みたいに左右に開かれておりました……」

身ぶり手ぶりも大げさにしゃべっているのは、ハンチングを頭にのっけ、商店の名を入れた前垂れをつけた青年。どうやら、耕助の位置からは死角になる場所に立つ誰かに、死体発見時の状況を述べているものとわかった。

これはいいところに行き合わせたと、耕助が耳をすませていると、町内の御用聞きらしい青年は、なおも百面相みたいに表情を変化させながら、

「とにかく、駆けつけたときにはピシャーンと壁みたいに閉じられておりまして、その前でお嬢さまお二人がオロオロしておられるじゃありませんか。何と内側から閂《かんぬき》が下りているとおっしゃるので、試してみたらやはり開かない。

見ると、ほら、あれあのように扉には小窓がついておりましょう? あそこから手

を突っこんでどうにかならないかと思ったんですが、こいつはただの飾りと空気抜き、四本指の中途までは入ったものの、あとはにっちもさっちも……で、阿野田のご老体と二人して扉をぶち破り、若さまの無残なご最期を見届けるはめになったような次第で……で、阿野田さんの命令で警察の旦那《だんな》方を呼びに走り、あとはまぁごらんのような次第でさ」

若者が話した通り、殺人現場と居間をへだてる扉には、左右に一つずつアブストラクト絵画を思わせる色ガラスの格子窓がついていて、その中央部分は何もはめられていなかった。

二枚の扉を固定し施錠するための閂は台座ごとへし曲げられており、この青年と、柳條月光から名を聞いた〝阿野田のご老体〟が突撃したとき、これが下ろされていたのはまちがいないようだった。

これに対し、扉の小窓はそれぞれ三十センチ近く斜め上にあり、御用聞きの言う通り見るからに小さすぎて、手を差し入れて外すなどおよそ不可能だった。さっき見つけた床の上のラッパ銃と比較してみたが、銃口部分こそ通っても、途中で引っかかってしまいそうだった。

なぜ、そんなことを考えたかというと、むろん居間の方から小窓を通して柳條月光を狙撃し、そこから凶器を室内に投げ入れた可能性を考えたからだった。

「なるほど……いや、よくわかった」

ふいに、さきほどまでの御用聞きの声とは違う美声が響いたので、耕助はハッとして顔をあげた。等々力警部のそれとも明らかに違う。だが、どこかで聞いた覚えのある声音であり口調であった。

「では、最後に一つだけ」声はさらに続けた。「君があの扉を破って中に入ったとき、室内には、亡くなった柳條月光氏以外、誰かほかにいたものはあるかね。君が目撃したミドリガエルの化け物みたいな奴は？」

「おりませんでした、影も形も——」

御用聞きは口惜しそうに言い、そのあとに強い口調で、

「だけど、あたしは見たんです。確かにあのミドリガエルの野郎がこちらのお屋敷に入ってゆくのを勝手口のあたりから、それからあの部屋にいるのを鍵穴ごしに！」

「わかった……どうもありがとう。もう行っていいよ」

声の主はそう言うと、御用聞きをその場から去らせた。死角となっていた家具の陰から姿を現わすと、おもむろに視線をめぐらした。ふと一点でそれを止めると、ただでさえ余裕しゃくしゃくとしてにこやかな笑顔をいっそう濃くしながら、

「やあ、金田一君じゃないか。こいつぁ奇遇だね」

「や、これはどうも——明智さん！」

金田一耕助も、思わず素《す》っ頓狂《とんきょう》な声をあげていた。あげずにはいられなかった。

戦争が終わって初めての対面だった。

元祖と本家が相争う大阪の薬問屋・鴇屋《ときや》蛟龍堂《こうりゅうどう》をめぐる殺人事件（「明智小五郎対金田一耕助」）で二人は出会い、互いに推理を競い合った。

もっとも金田一の方は明智の介入を知らず、あとで仰天することになったのだが。

金田一耕助は、その直後『本陣殺人事件』をみごとに解決したが、そのあとは彼の頭脳を試し、名をあげるような犯人にめぐり合えないまま応召し、最初は大陸で、続いて南方戦線で辛酸をなめさせられたのは先述の通り。

一方、明智小五郎は怪人二十面相という新たなライバルを見出《みいだ》したものの、彼からは『妖怪博士』事件などわずかな挑戦を受けただけに終わった。これには裏があって、「一民間人が警察の真似ごとをしたりせず、もっとそれ以外の形で国策に協力せよ」という圧力がかかるようになったのだ。

こうして彼は、軍の暗号研究と教育にたずさわることになった。

「何しろ、法水麟太郎《のりみずりんたろう》君や帆村荘六《ほむらそうろく》君までが南方に派遣される時代だからね。それに、僕には〈探偵〉という存在を世に認めさせる使命がある……」

自嘲《じちょう》まじりに妻の文代に言った明智だったが、その結果もまた先に記した通り。その後も不思議な縁で結ばれた二人が、またしてもここで出会ったのだ——奇《く》しくも、同一人物からの依頼を受けて、この館《やかた》で、ともに探偵として。

だが、この再会は単に奇縁に驚き、懐かしさにふけるだけではすまされないものをふくんでいた。

そう、よりにもよって——依頼人一人に二人の探偵とは！

＊

「なるほど、だいたい事情はわかった。君がここへやってきたわけもね。いや、ご苦労さまだった」

明智小五郎はあごに指を当てながら言うと、小さくうなずいた。

「それは……どういうことですか」

金田一耕助は、目をしばたたきながら言った。

「単に言葉通りの意味だよ。またいずれ聞くことはあるかもしれないが、今日のところは引き取っていい、ご苦労さま——とね」

明智の言葉に、耕助はいつになく色をなして、

「待ってください。今日ここで死んだ——いや、殺された被害者はぼくの依頼人なんですよ。つまり、これはぼくの事件といっても過言ではないんだ」

「依頼といっても、家庭内のことに対する漠然たる不安と、ただの張りこみ依頼だろう？」

明智は、すぐに切り返した。

「そ、それは確かにそうですが……」

「僕は、瀕死《ひんし》のこの人から『助けてくれ』という電話をもらって、ここにやってきたんだよ。これぐらいはっきりした依頼はなかろうじゃないか。つまり、これはこの明智小五郎にゆだねられた事件なんだ」

余裕の笑みをふくんだ、しかし断固とした宣言だった。

「そ、そ、それを言えばですね」

金田一耕助は、ともすれば気圧《けお》されがちなのを押し返そうとしながら言った。

「こちらは事件の起きる前に、柳條月光さんから直接依頼を受けたんです……探偵としてね」

「ふむ、先着順というわけかね。では訊《き》くが、その依頼というのは、この殺人事件についてのものだったのかね？」

明智は鋭く切りこんできた。

「それは……違います」

うなだれた耕助に、明智は追い打ちをかけるように、

「じゃあ訊くが、なぜ月光氏は瀕死の状態のときに、君じゃなく僕に電話したのかね。こんなものまで持っていたというのに？」

手品でカードでも出すように、スッと指と指の間にはさんでみせたのは、まちがいなくあのとき渡した手書きの名刺にほかならなかった。

もし、柳條月光にこれを渡していなければ、ここに呼ばれることもなかったのだろうか。金田一耕助という探偵の存在などまるで無用のまま、事態は推移し捜査は進められていったのだろうか——そう考えると、みじめさとくやしさがつのるばかりだった。

（いや、こんなことじゃいけない。ここで引っこんでなるものか）

金田一耕助は自分で自分を鼓舞すると、大きく息を吸ってから言った。

「そ、それは……でも、明智さんだって、月光さんから『犯人を捕まえてくれ』と頼まれたわけじゃないじゃありませんか」

「それは君だって同じだろう。君が頼まれたのは、この家の内部事情に関すること。それ以上でもそれ以下でもない」

「そ、それは……」

金田一の抗弁に、明智はあっさりと答えた。

金田一は一瞬言葉につまったが、ややあって態度を落ち着かせると、

「そう、同じことですね。ということは、ぼくと明智さんは対等の立場ということになるわけです」

「なにっ……」

明智小五郎は目をむき、だがすぐに平静を取りもどした。やがてその顔に浮かんだのは、ときに人をたじろがせる彼独特の笑顔だった。

「面白い。あのときと違って君を手助けしたりはしないし、むろん手かげんもしないよ」

「の、望むところです」

あやうく言葉癖を出しかけながら、金田一耕助は毅然《きぜん》として言い切った。

こうして、明智小五郎対金田一耕助のふたたびの、真正面からの推理対決の火ぶたが切られたのだった——。

6

——そのあと、死体が運び去られた柳條邸で、金田一耕助は柳條家の姉妹と対面した。

（まるで、お人形のように美しい娘さんたちだ……）

というのが、月並みながら彼が抱いた第一印象であった。美人の鑑定には一家言あると自負する耕助としても、文句のつけようのない令嬢たちだった。

まず話を聞いたのは、長女の花陽だった。背がスラリと高くて髪は波打ち、顔立ちは白大理石に彫りつけたようにくっきりして、ふんわりとした洋装がよく似合っている。人形にたとえるなら、この人はさしずめフランス人形というところだった。

一見華やかな衣装は新調する余裕がないのかやや色あせ、アクセサリーもいいものは売ってしまったのか安っぽく見えたが、それでも身についた気品は変えようがなかった。

(最近はやりの映画会社のニュー・フェース募集に応じたらいいかもしれない。いや、かりにも華族のお姫さまがそんなこともできないか……)

そんな印象を耕助に与えた柳條花陽は、少ししか年の違わない弟の惨死にひどく取り乱していた。にもかかわらず、必死に自分を保とうとしているようすが健気《けなげ》だった。

「金田一耕助さま……でしたわね」

花陽は、レースのハンカチを目がしらに当てながら言った。

「は、はい!」

思わず答えた彼に、彼女はこらえきれず泣き声をもらしながら、

「月光はあなたに希望を託して……でも、とうとう……あああっ!」

それきり崩折《くずお》れてしまったのには、耕助もつまらぬ想像をしたものだと恥じ入らずにいられなかった。

このときほど気まずく、かつ困ったことは、近ごろなかった。だからといって、その場のふんいきでは頭をガリガリバリバリとやるわけにもいかなかった。そのかわりに、

「あ、あの、花陽さま」

金田一耕助は、周囲の目もかまわず言わずにはいられなかった。

「およばずながら、このぼくが月光さんをあんな目にあわせた犯人を捕まえてごらんに入れます。ぼくはあの方から探偵として依頼を受けたのですから！」

と。


次に会った二女の雪夜は、同じ西洋人形でも、アメリカ生まれの青い目のお人形といったところだろうか。ただし、年齢的にはセルロイド製のあれが、もう何年か成長した姿というべきだった。

まだまだ女学校の制服が似合いそうな、いかにも清純なお嬢さま。姉の花陽が、どこかおっとりとして匂やかな風情を漂わせているのに対し、雪夜はどこまでも凜《りん》としていた。

華族のお姫さまというよりは、けなげで、固い意志を秘めた一人の少女といった印象が強い。

耕助は、ふと彼女がおさげ髪に鉢巻をして、軍需工場で旋盤をあやつっている姿を脳裏に思い浮かべた。

(戦争中は徴用逃れをしたりせず、そんな風に軍国少女を貫いていたのかもしれないな……)

そんなことを想像したりしたが、それはあながち買いかぶりではないことがあとでわかった。

その柳條雪夜は、歯を食いしばり、きつく唇を結んで、それでもなお滂沱《ぼうだ》と涙が流れ落ちるのをどうにもできないようだった。

その哀れなようすを見、声なき嗚咽《おえつ》を聞いているうちに、こんな姉妹をわがものにしようとするなんて、星野兄弟というのは獣であると同時に変態性欲者なのではないかと怒りがつのった。

怒りといえば、雪夜は耕助に対してひどく怒っていた。

「どうしてなの、金田一さん?」

その問いかけが、彼に対する雪夜の第一声だった。

「どうして、お兄さまがあんなことになって、あなたがのめのめと生きのびているの！　恥を……恥というものを知りなさい、このへっぽこ探偵！」

悲痛な叫びとともに、涙目で指を突きつけたあと、ダッとどこかに駆け去ってしまった。

向かった先は別棟に通じるサンルームで、そこには彼女らの亡母の丹精になる美しくも珍しい花々が咲き乱れているのだった。

あとで聞けば、名前にこそ「雪」の字がついているが、実は姉の花陽より花好きで、母親から受け継いだそれらを守り育てているという。そんな雪夜がそこまで激するとは、よほどの思いがあったに違いなかった。

耕助にはそのときも、そしてのちのちも彼女に返す言葉がなかった。

と同時に、あらためて探偵としての使命感に燃えざるを得なかった。依頼人への責任を果たさずにはいられなかった。

（そう、あの明智小五郎氏が何と言おうとも……）

そして——三女の柳條星子。彼女とだけは、本人の自室で会った。モダンスタイルの洋館に付属した、そこだけ純日本式の一棟でのことだった。
二十畳はあろう座敷の真ん中に延べられた、江戸時代のお姫さまさながらに豪奢《ごうしゃ》な布団の上に半身を起こし、星子は耕助たちを出迎えた。

ほとんど寝たきりだというこの子は、日本人形以外の何ものでもなかった。

小さくて、市松《いちま》さんのようなオカッパ頭に赤い着物をまとって、十一歳という年よりはやや大人びて見える。だが、受け答えはたどたどしく、その肉体と同様、精神も未発達なのではないかと思われた。

「星子ハ……コノオ部屋デ……ズットゴ本ヲ読ンデオリマシタカラ……何モワカリマセン……タダ、阿野田ノ爺《じい》ヤガヤッテキテ……『何モ心配スルコトハゴザイマセン。オ姉サマ方モゴ無事ダシ、ドウゾゴ安心ニナッテ、オ休ミナサイマセ』ト申シマシタ……」

切れ切れの言葉に耳をかたむけるうち、耕助はしだいにいたたまれない気持ちになっていった。

(ひょっとして、この子は月光氏が殺されたことも認識していないのではないか。だとしたら、何と哀れな……)

そう思うと、事件について問いただすこと自体が罪深い気がしてならなかった。

だが、そんな星子は、なぜか彼のことが気に入ったらしく、

「アナタガ月光兄サマノ選ンダ名探偵? フーン、明智小五郎サント違ッテ、マダゴ本ヲ読ンダコトハナイケレド、トッテモ頭ガヨサソウネ……体ツキハ、オ兄サマニヨク似テ、アマリ強ソウデハナイケレドネ」

無邪気なその言葉が、耕助にはひどく辛辣《しんらつ》に響いた。

「……さ、もういいだろう。今晩はこのへんにしておきたまえ」

等々力警部に言われて、金田一耕助はわれに返った。こうして、人形のような三人娘との対面は、彼にさらなる使命感と、それとは裏腹な無力感を植えつけただけに終わった。

そのあと洋館にもどったが、明智小五郎の姿はすでになかった。

無理を言って現場を再度検分させてもらったものの、明智がすでにつかんだかもしれない手がかりは、何一つ見つけられないまま、彼は柳條元伯爵邸をあとにせざるを得なかったのだった——。

＊

大森《おおもり》の割烹《かっぽう》旅館《松月《しょうげつ》》——。そこの離れが、金田一耕助の現在の住まいだった。

ここは耕助とは同窓で、不良あがりながら今や土建業者として成功している風間俊六《かざましゅんろく》が、二号だか三号だかのお節《せつ》さんにやらせている宿だ。『獄門島』事件を解決して帰京する車中、偶然にも耕助と再会した風間は、あの事務所を紹介するかたがた、ここへの居候を許してくれたのだった。

（惨劇のあった柳條邸の談話室。そこの廊下に面したドアは内側から鍵《かぎ》がかけられ、それとは直角の位置にある居間との仕切り戸は、やはり中から閂《かんぬき》が下ろされていた……犯人とおぼしき緑衣の怪人は、どうやって消え失《う》せたのか。どこにも逃げ場のない密室から……？）

未明にふと目覚めた金田一耕助は、寝床の中でとつおいつ考えていた。

柳條家の跡取り息子、月光青年は、彼を見こんで三角ビルの探偵事務所まで訪ねてきてくれただいじな依頼人。その彼は腹部にラッパ銃で大穴を開けられ、むごたらしい姿で死んでいた。

それだけでも屈辱的なのに、月光を殺した犯人——目撃者となった御用聞きによれば〝ミドリガエルの化け物〟の行方も、犯行の手口もまるで五里霧中といったありさまだった。考えても考えても真相は片鱗《へんりん》すら見えてこず、ただ焦りと苦悩がつのるばかり。

「……どうも、いけないいな」

耕助は考え疲れて寝返りを打った。どうもこのフカフカした上等の布団や、それをとりまくこの六畳間の上品な造りがいけないのかもしれなかった。

いや、こと今夜に関しては、原因はほかにあった。同じ庭に面した別室からもれ出てくる男女の睦言《むつごと》と嬌声《きょうせい》、それに忍び泣きのような声だ。かすかにしか聞こえないが、そのせいでかえって気になってしょうがなかった。

《松月》は割烹旅館とはいうものの、それだけで商売が成り立つ世の中ではない。それよりはるかに大きく、そして切実な需要があったのは、男女がひっそりと一夜を過ごすことができる場所だった。

だが、それもいつのまにかやんで、耕助のいる離れは静寂につつまれた。

布団の中から両腕を出し、寝たままの姿勢で頭をガリガリとかき回す。ちょうど黒板の文字を消すように、柳條月光殺しの現場図はいったん預かりとなり、かわって全く別の映像が思い浮かんだ。

それは、柳條家の三姉妹の姿だった。それぞれに美しさのタイプこそ異なっているものの、彼女らは等しく悲劇のどん底にあった。

父の清久元伯爵が収監中の今、月光氏という支えを失って、がけっぷちから転げ落ちようとしている。たとえ彼女らには事件解決を依頼されず、期待もされていないとしても、何としても救いたかった。まだ見ぬ笑顔を取りもどしてあげたかった。

「そのためには、この金田一耕助が、何とかしなくちゃ、何とかしなくちゃ……」

お念仏のようにとなえるうち、ふと眠気がさし、意識が遠のいた。そのままスーッと眠りの中に吸いこまれて、さてどれぐらいたったろう。

数秒か、数分か、それとも数時間も寝入ってしまったかもしれない。だが、その安息は、無情にも荒々しい声を耳元で浴びせられ、いきなり胸倉をつかまれることで破られた。

「起きろ、耕ちゃん！」

風間俊六だった。寝ぼけまなこで飛び起きた耕助に、この偉丈夫はどなるように呼びかけた。

「事件だ事件！　柳條伯爵邸でまた人死にが出たってよ！　何してる、起きないか！　探偵が現場に行かないで、どうする！　ほら、うちの自動車を出してやるからよ」

7

「あ、こらっ！　ここは立ち入り禁止だぞ」

「止まらんか、ストップ、ストーップ!!」

午前のさわやかな光に照らされた柳條邸。その門前に立つ警官たちの制止もものかは、一台の大型トラックが強引に走りこんできた。彼らの叫びをブレーキ音でかき消すと、《風間組》と横腹に記した車体をゆさぶりながら停車した。

そこにはすでにパッカードだかスチュードベーカーだか、アメリカ製の大型乗用車が巨体を横づけにしており、あやうく大惨事となるところを巧みなハンドルさばきで回避した。

「な、何だ⁉」

騒ぎを聞きつけて飛び出してきた等々力警部だったが、ほどなく運転台から降り立った人物に目を向けると、

「あんたでしたか、金田一さん」

さもあきれた顔で言った。

「す、す、すみませんです、警部さん」

金田一耕助は、照れ隠しに頭をかきながらペコペコとおじぎをした。

「それで、こちらでまた起きた事件というのは、いったい——？」

「しょうがないなあ、あなたにも。ま、いいでしょう。こっちへおいでなさい」

警部は苦笑まじりに、うさん臭げな部下たちになだめるような視線を投げながら、「ささ、こっちへ」と手まねきした。

「これはどうも」

と頭をかきかき邸内に足を踏み入れながら、ふとふりかえった。先客のものらしき外車に見覚えがある気がしたからだが、今はそんなことを気にしている場合ではなかった。

（ほう、これは……）

耕助は、ひそかに舌を巻きつつ内心つぶやいた。

案内されるまま行き着いた先は、敷地の奥まったあたり。小さな庭と向かい合った洋館の一角だった。

そこには、スパニッシュ・スタイルの建築によく見られる壁泉《へきせん》があった。それは垂直の壁から滝のように水を落とす噴水の一種で、むろん今はそんなものを稼働させる余裕はなく、干からびて蔓草《つるくさ》がからみつき、半ば朽ちたようになっていた。

ただ、下の水槽部分には水がたっぷりとたたえられていたが、それはドロリと濃い緑色によどんで、落ち葉がいくつとなく浮かんでいた。

（おや……）

耕助は目をこらした。水槽が緑一色ではなく、浮かんでいるのは落ち葉だけではないことに気づいたからだった。

蠟《ろう》のように白いかたまりが、ゆらゆらと水面のすぐ下にたゆたっている。そのかたまりには手もあれば足もあり、おまけに顔らしきものまであった！

「こ、これは……」

金田一耕助は、思わずその場に立ちつくした。とっさに視線をそらそうとしたものの、目は釘《くぎ》づけになったように水槽にはりついて離れなかった。

それはあたかも、英国の画家ジョン・エヴァレット・ミレイ描くところのオフェリア入水《じゅすい》の図だった。そして、耕助にはこのシェークスピア劇のヒロインの顔に見覚えがあったのだ。

耕助はぎくしゃくと、背後の等々力警部をふりかえりざま、

「あれは、柳條……花陽さん？」

警部は無言のままうなずいた。一瞬表情を凍りつかせた耕助だったが、

「ああ、何てことだ！」

そう叫ぶと、頭をかかえながらその場にひざをついてしまった。だが、それではいけないと顔を上げたとき、二階の窓の一つに視線が吸いつけられた。壁泉の真上に当たるそこにはぼんやりと灯《あか》りがともっており、カーテンがフワフワとゆれているのが見て取れた。

(窓が開いているのか？)

目をこらすと、それはギロチン窓と呼ばれる上げ下げ式のもので、下端が何センチか開いていた。

等々力警部は、金田一耕助の視線を目でたどると、

「気がついたかい。実は、あそこが花陽さんの部屋なんですよ」

「えっ」

耕助は声をあげ、次いで等々力警部を見つめると、

「ということは……花陽さんはあそこから転落を？　だけど、どうしてまたそんなこ

と に？」

「さあね、そのあたりが探偵さんの知恵の見せどころじゃないのかね。われわれ石頭の警察とは違うところで」

等々力警部が、人の悪い笑みを浮かべながら言った。耕助はあわてて、

「そ、そんな……買いかぶりもいいとこですよ。ぼくにはまだ何にも」

「いや、わかりませんぜ。たとえば、同じ探偵でも明智小五郎氏だったら、こう、黙って座ればピタリと当たるという感じでね」

警部の言葉に、耕助はグッと言葉につまってしまった。そんな耕助を横目に、

「よぉし、ぼちぼちホトケさんを引き揚げろ」

等々力警部が出した指示に、今様オフェリアこと柳條花陽の死体は、壁泉の水槽部分から引き揚げられた。

さっきとは打って変わった態度で、金田一耕助は搬出用の担架にズカズカと歩み寄り、防水布を掛けられる寸前の花陽を間近で直視した。まるで白い蠟細工のように透き通り、濡《ぬ》れそぼった美しい骸《むくろ》……。

——死んだのは昨夜半ですかな。

——ああ、おそらくはな。水につかってたんで多少は前後するだろうが。

そんな刑事と警察医らしき人物との会話を耳にしながらも、目は一瞬もそらすこと

はなかった。

　ふっさりとしてややウェーブのかかった髪は、ずぶぬれて渦を巻き、前合わせにフリルのついた薄物の衣服からは豊かな乳房があふれ出している。悲しみの中でも華やかさを失わなかった伯爵令嬢は、今や投げ捨てられた花束のようで、それでもなお美しかった。

　だが、そのとき耕助は見た。出血こそほとんど見られないものの、彼女の頭部を醜く傷つけた打撲の痕跡《こんせき》を！

（これは……転落の拍子に負ったものだろうか？　するとやはり、花陽さんはあの窓からここに……誤って、それとも誰かに突き落とされてか？）

　ハッとして心中つぶやいたとき、担架は係官たちの手で持ち上げられ、耕助は「さあさあ、どいた！」と野良犬のように追い立てられた。

　しかたなく等々力警部の方にもどると、そこにはちょうど何とはなし影の薄い人物がやってきていて、

「やあ、阿野田さん。こちらの死体を発見したのはあんただそうだが、そのときの状況を聞かせてもらえませんかね」

「ははっ」

　警部の問いに、家令の阿野田駿吉老人――柳條家に仕えて半世紀という昔かたぎの

忠義者は、鶴のようにやせた体を二つ折りにした。

黒のお仕着せは色あせてあちこちにほころびをつくろった跡があり、白シャツとタイもすっかりくたびれていたが、その背筋はピンとのびていた。

「あのあと、お嬢さま方はそれぞれのお部屋に引き取られまして、お休みになりました。ただ、花陽さまはやはりお寝つきになれなかったものか、一晩中、お部屋に灯りがついており、窓辺におられるお姿を何度かお見かけしました。ですので、朝餉《あさげ》の時間にもおいでにならないのは、たぶんお疲れなのだろうと起こしに参るのをはばかっておりました。ですが、まさか、このようなことになっておりましょうとは……」

とつとつとした口ぶりには、昨日の月光の惨死に自身ひどいショックを受けながらも、残された姉妹のことを案じる心が表われていた。

「これは、ごようすを見ねばなるまいと、賄い婦の田毎スミと話しておりましたところ、そこへまだ朝も早いというのに急に来客がありまして、ぜひ花陽さまにお会いしたいと言うのです。それも、小菅におられる旦那《だんな》さまのことでぜひにと、いつものこととはいいながら、とんだ横車を押されまして……それで、あらためてお部屋をノックしたところ、やはりお返事がない。しかも、ふだんはおかけにならないはずの錠が下りているようす。で、これはおかしいというので、合鍵《あいかぎ》を持ってまいりまして開けたところ、何と中はもぬけの殻でベッドにもお姿がない。窓が少し開いているようなので、不審に思って歩み寄ったところ、庭の方から、キャアアア！　とけたたましい女の悲鳴が聞こえまして」

「それが、田毎スミさんとやらが死体を発見した際のものだったと？」

「さようで。スミは庭掃除がてら建物の外に見回りに出まして、花陽お嬢さまがあのようなことになっているところに出くわしてしまったようでございます。今は収まりましたが、腰を抜かし、一時は口もろくろくきけないありさまで。それも無理はないことで、私もここへ駆けつけましたときには……」

阿野田老人は、壁泉に痛ましそうな一瞥《いちべつ》を投げながら言った。等々力警部はうなずいて、

「それもそうでしょうな……いや、お気の毒さまでした。それで、死体発見のきっかけとなったその来客というのは何者です？『いつものこと』というからには、よほど親しい間柄なのかね？」

そう訊《き》くと、阿野田老人はくやしげな、苦虫をかみつぶしたような表情になりながら、

「親しいといいますか、その、何と申しましょうか……」

と口ごもった。そこへ、

「それは、わしのことですかな」

野太い声で割って入ったのは、ズングリでっぷりとしていかにも屈強そうな中年男。四角張った顔には図太さとしたたかさ、それに抜け目なさそうな鋭さが同居していた。

「うん、あんたは――？」

けげんそうな視線を向けた等々力警部に、阿野田老人がすかさず、

「当家を狙う成り上がり者ですよ。それも、あろうことかお嬢さま方の貞操を……やい、月光若さまがお亡くなりになったとて、お前たちに勝手はさせぬぞ！」

中年男に細首を向けると、弱々しい外見には似合わない勢いで一喝した。

「おやおや、相変わらずのごあいさつだな、ご老体」

中年男は別に怒りもせず、唇の端からヤニで染まった歯をのぞかせると、

「おお、これは警視庁の旦那方ですか。今回はとんだことで……どうせご用の向きがあろうかと思いまして、こちらから出向いてまいりましたよ。何しろ、ご当家はわが主筋でもあり、今や家族も同然に密接な間柄ですからな。ささ、どうぞ存分にお調べのほどを」

警察のあつかいは慣れたものだと言いたげな、卑屈なようで居直った作り笑顔を向けた。

「あんたは――？」

等々力警部の目が細くなった。と、そのかたわらから、

「もしかして、あなたですか。こちらの借金の肩代わりをしたり、いろいろと贈り物をしたり、そのぅ、ほかにもいろいろやっとられるという闇屋……じゃない、新興の実業家というのは？」

金田一耕助は、思わず口をはさんだ。柳條月光の話を思い出したからだった。

「ああ、そうですが？」

中年男は言いざま、無遠慮な視線を投げ返してきた。耕助は、ともすれば相手の迫力に気圧《けお》されそうになりながら、

「弟さんが経理担当で、この方が大変に頭の切れる参謀格で、お二人して柳條家を思うがままに――いや、立て直そうと尽力されているという？」

「いったい何の話です。確かにご当家にはご恩があるということで、いろいろお世話をさせていただいちゃあいるし、弟に算盤《そろばん》をあずけてあるのも事実だが……全体、あんたは何者です？　明治の昔ならいざ知らず、そんな和服姿の刑事《デカ》さんがいるとも思えないが」

耕助は「いや、これは失礼」と頭をかいて、

「すると、あなたが星野夏彦さんですね。これはどうも初めまして。いや、いぶかしがられるには及びません。おうわさは生前の柳條月光さんからうかがっております」

いくぶんハッタリをきかせながら、相手の名を口にした。だが、それに対する反応

は意外なものだった。

「はあ、星野夏彦？　誰ですねそりゃ」

中年男は、あっけに取られたように言った。耕助は出ばなをくじかれた格好で、

「えっ、月光さんから聞いた話では、確かにそうだと……おかしいな、いま話に出た弟さんの名は冬彦さんとおっしゃるのですよね？」

「冬彦？　わしの弟は数馬《かずま》ですよ？　夏彦だの冬彦だの、いったい何の話だね」

中年男は、にわかにイライラをつのらせたようすで言った。耕助はおそるおそる、

「あのぅ、それでは……あなたはいったいどなたなんでしょう？」

訊かれて中年男は「はぁ？」と目をむき、そのあとにあきれきった表情で、

「わしゃ段倉鴻六《だんぐらこうろく》だ！　言うてすまんが、《段倉綜業《そうぎょう》》の社長をやっとる。——いったい何なんだ、こんなわけのわからん輩《やから》にトンチンカンなことを訊かれるのが、民主警察のやり方とでもおっしゃるんですかい？」

「まあ、まあ」

等々力は苦笑まじりに中年男——段倉鴻六をなだめた。だが、その際チラリと耕助に向けた目には、明らかな失望がまじっていた。

そのことに身のすくむ思いがしたときだった。背後からはじけるような笑い声があった。

「ハハハハ……金田一君、まぁそんなに落ちこみたもうな。段倉鴻六・数馬両氏といえば、うわさが僕の耳にも入っている立志伝中の人物だが、まぁ、まちがいは誰にでもあることさ」

聞き覚えのある、いや、ありすぎる声と口調に耕助はあわててふりかえった。

「あ、明智さん！」

耕助の声に、明智小五郎は軽く帽子に手をやりながら、

「おはよう、どうも宵っ張りの身に早起きはこたえるね。ファイロ・ヴァンス氏のように『平民並み』とまでは言わないが、何しろこちらは君ほどは若くないものだから。――それにしても、星野夏彦・冬彦といえば、近ごろ銀座かいわいで評判の双子のタップダンサーだが、それと段倉兄弟を取り違えるとは、不思議なこともあったものだね」

言われて金田一耕助は、あっと思った。

それで思い出したが、確かに星野兄弟といえば、色白の夏彦と色黒の冬彦が刻む絶妙のタップで近ごろ大人気のコンビだ。その名を「暗闇の中の猫」事件の《カフェ・ランターン》に貼ってあったポスターで見たことまで思い出し、恥ずかしさに赤くなってしまった。

「け、決して取り違えたわけではないんです。柳條月光さんが、確かにそう言ったん

ですよ……わが家の財産と姉妹の二人の貞操を狙っているのは、その二人だと」

耕助はやっとのことで言った。だが、段倉鴻六はたちまち声を荒らげて、

「そいつぁ聞き捨てなりませんな。まるでこのわしがお家横領をたくらむばかりか、お嬢さま方まで手に入れようとしていると言わんばかりじゃないか。ああ？」

今にも胸倉をつかみ、拳固《げんこ》の二、三発もお見舞いしそうな勢いで間近にせまった。しまったと後悔のほぞをかんだが、当然といえば当然の反応ではあった。

幸いその場は、明智小五郎が「まあ、ここは僕に免じて」と割って入ることで収まった。かつて大衆雑誌を飾った彼の名は、この強面《こわもて》男に対しても効果的なようだった。

「それはさておき、段倉さん」

明智は段倉鴻六に向き直ると、言った。

「あなたがこんなに朝早くから、こちらのお宅へやってきたわけをうかがいましょうか。……いや、こんな野天で立ち話と言うのも何ですね。場所を変えるとしますか。そう、あそこがいいな。ほら、居間の隣の、電話が置いてあるあの小ぢんまりした部屋がね」

金田一耕助は脇で聞いていて、あっけにとられた。彼が指定したのは、あのむごたらしい柳條月光殺害の現場にほかならなかったからだ。

8

「ええ、さいです……わしが月光坊ちゃんの件をラジオで聞いたのは、昨日も遅くのことでしてな。柳條の家の今後を担うべき跡取りの若さまが、賊にやられて亡くなったとは、これこそ天下の一大事。これは何とかお助けせにゃならんと考えたのですが、まず思い浮かんだのは、小菅におられるお父上、清久閣下にこの件をご報告し、ご裁可をあおがねばならんということ。そのためには、ご年長の花陽さまをお連れしなくてはならない。いや、終戦からこっち、いろいろあってすっかり気落ちしておられる閣下のお耳に入れていいものかも難しいところで、そうした話し合いもふくめて、ぜひお会いしておきたかったのです」

問題の部屋――談話室に通された段倉鴻六は、明智の質問にすらすらと答えた。耕助への態度とは打って変わった神妙さだったが、そんなことを気にしている場合ではなかった。

すでに惨劇のあとはあらかた片づけられ、ぬぐいきれない個所は敷物や新聞紙で覆われているとはいえ、ここで何があったかを知れば、落ち着いてはいられないはずだった。

とりわけ金田一耕助の気になったのは、拾い切れずに残されたと思われる黒い繊維片だった。ほんの小さなものだが、一つ見つけると、あちらにもこちらにも目についてしようがなかった。

だが、この闇屋あがりの実業家は、それらもふくめていっこうに頓着《とんちゃく》しないどころか、庭にいたときよりかえって落ち着いたようすで、

「どうせ、記者たちを始め、ろくでもない輩にもみくちゃにされるのは知れとりますから、その前に一刻も早く、と思いましてな。それで、急ぎ自動車で駆けつけた次第でして……」

派手な柄のハンカチで、汗をふきふき語り続ける段倉鴻六を見て、

(なるほどね)と金田一耕助は納得した。

門前で風間組のトラックとぶつかりかけた、あの高級外車は彼のものだったのか。と同時に、いかにもアメリカ製らしく装飾過多でバカでかい車体に見覚えがあったことを思い出し、ハッとなった。

そんな耕助を、等々力警部がけげんそうに見やった。そのあと明智にかわって、

「……それで、段倉さん。あなたは昨夜、どこにおられましたか。それも真夜中あたりにいた場所が明らかになれば、お互いにとって好都合なのですがね。そのことの証人が立てられれば、ますますありがたいのですが」

「ふむ、近ごろよく聞くアリバイというやつですか。それでしたら……まぁしょうがない、あまり自慢にもならん話ですが申し上げましょう。昨晩は、大森の《松月》という旅館に泊まっておりましたよ。近ごろ流行《はや》りの言葉でいえば〝夜の女〟というやつと一つ布団でね」

ええっ⁉　と横合いから奇声をあげた耕助に、段倉鴻六はけげんな視線を投げながら、

「で……まぁ、ふと思い立って、ことの合間に弟の数馬に電話しましてな。これは折にふれ報告を受けるためにやっとることで、何か変わったことがなかったか訊《き》いてみたら、変事も大変事、月光坊ちゃん殺しで柳條邸は大騒ぎというじゃありませんか。で、弟と相談のうえ、朝を待ってここへまかり越したというわけです」

「ふむ、なるほど……で、その証人は？」

等々力警部がたずねた。すると段倉鴻六はニヤリとして、

「あいにく、当夜の女は金をやって帰してしまいましたし、もともと行きずりに拾っただけの関係ですから、氏素性はもちろん源氏名さえも知りませんが、《松月》の女将《おかみ》は確かにわれわれが泊まったのを確認しておりますし、その旦那《だんな》である風間組の大将とも、たまたま廊下で出くわして軽くあいさつをかわしたりはしましたから、こちらもわしを覚えとられるはずです。先方は俊六、わしは鴻六というので、ロクロク

同士で一献傾けたこともありますからね」

「――わかりました」

　等々力警部がうなずき、かたわらでメモを取っていた部下の刑事に、確認を取るよう指示を出した。

　その一方で、金田一耕助は何とも奇妙ななりゆきに驚いていた。そうだ、あの外車に見覚えがあると思ったら、あれは彼自身が居候している《松月》でのことだったのだ。

　ということは――あのとき眠れぬままに聞いた嬌声《きょうせい》や睦言《むつごと》は、彼らのものだったのかもしれない。

（風間俊六やお節さんに問い合わせれば、すぐバレるようなうそをつくとも思えないから、段倉鴻六が《松月》に泊まり合わせたというのは本当だろう。だとすると、ここで柳條花陽を殺すことはできない。いや、そもそも今のところは鴻六が花陽さんを殺す理由が見当たらないわけだが……）

　そんなことを考えるうち、段倉鴻六に対する尋問は終了した。

「そいじゃどうも。いつでもご用のときは出頭しますよ」

　言い置いて鴻六は、広い背中を見せて立ち去った。明智小五郎が金田一耕助をふりかえると、

「どうだったかね、今のやりとりを見ていて」

「いや、まさか」耕助は答えた。「明智さんの名を一躍高からしめた『心理試験』を間近で見られるとは思いませんでしたよ」

「そうか……まあ、今のは僕が近年研究中の『心理攻撃』という、真犯人以外には効かない精神的の拷問《サード・ディグリー》なんだが、どうやら不調に終わったようだね」

精神的拷問などという恐ろしげな言葉をサラリと口にするところが、いかにも明智小五郎だった。

「段倉鴻六は、ここで行なわれた柳條月光殺しには無縁だということですか」

「そのようだ……じゃ、金田一君、行くとしようか」

「ど、どこへです？」

突然の申し出に、耕助は目をパチクリさせた。すると明智はニヤリとして、

「次の現場調査にだよ。僕こそが柳條月光氏から依頼を受け、この家での事件を解明する権利も義務もある探偵だという考えは変わらないが、花陽さん殺しに関しては、君と僕は全く同じ立場だからね。……うん、どうした？　君がその責任を放棄するというのなら、別にかまいはしないがね」

「行きます、行きますとも！」

金田一耕助は、すぐさま答えた。

9

やがて二人が足を踏み入れたのは、柳條花陽の居室――。阿野田老人の証言が確かなら、そこは前夜から花陽の死体発見時まで内側から鍵《かぎ》がかかっていた。

ロココ調というのか、まるで洋画に出てくるような調度が並んでいた。

本棚で目立つのは西洋の童話集や画集など。窓に面した机の上には英和辞典やノート、ワッツと思われる泰西名画の表紙のついた便箋《びんせん》やペン皿などが、きっちりと置かれていた。

(女学生時代のようすがかな。あの外見からすると、何だか意外だが)

金田一耕助は周囲を見回すと、心の中でつぶやいた。

何もかもがきちょうめんに整えられた中で、ことにベッドのそれが目立った。かなり遅くまで起きて窓辺の机に向かっていたという彼女は、はたして床についたのかどうか。

そこから窓から転落するまでに、彼女に何があったのか。どんな理由があって外に逃れようとしたのか。そして、いったい誰が彼女を死に追いやったのか――?

そんなことを思いながら、視線をめぐらしたベッドサイドの小机に写真立てがあった。

手に取ってみると、そこには軍服をまとった精悍《せいかん》だが優しそうな青年を中心に、あるいは立ち、あるいは椅子に腰かけた五人の男女が写っていた。

青年は、おそらく長男で早世した柳條一鳥氏。度の強そうな眼鏡をかけ、気弱そうにはにかんでいるのは、一瞬誰かと思ったが月光氏だった。

清楚《せいそ》なブラウスにスカートという格好でも華やかな花陽さん、まだ小学生らしきセーラー服姿の可憐《かれん》な雪夜さん。ということは、彼女に後ろから抱きかかえられているニコニコ笑顔のオカッパ娘は星子ちゃんということになるだろう。

だが、妙に違和感があった。それが何かはわからなかったが……ただ、雪夜さんが以前はずいぶん小柄だったのだとは思った。ところへ、

「さて、と」

明智小五郎が、やおらあごに手を当てたものだから、耕助はあわてて写真立てを置いた。明智はまるで芝居のモノローグみたいに、

「そろそろ論じてみようじゃないか。ここでいったい何があったのか。被害者以外の誰も入ることができなかったはずの〝入り口のない部屋〟で……」

金田一耕助は「えっ」と声をあげて、

「かりにドアが完全に閉ざされていたとして、あの窓から入っていけばいいんじゃあ

ないですか。窓の下枠と壁泉の上部はあまり離れていないから、うまくすればそこに足をつき、さらに地上に下りることはさほど困難ではないでしょう。元華族のお姫さまにとっちゃ大変な曲芸でしょうが、彼女を手にかけるような賊ならば……あっ、そうか」

「そういうことさ」

しまったという表情で言葉を切った耕助に、明智はにっこりとうなずいてみせた。

「ここのギロチン窓のガラスに破損の痕跡《こんせき》はないし、昨日のような惨劇があったあとで戸締まりをおろそかにするわけもないから、窓の錠は内側から開けられたものということになる。当然、これは室内にいたものがしたことで、外部からの侵入者にできることではない。唯一考えられる可能性は、花陽さんがロミオとジュリエットよろしく何者かを室内に引き入れたということだが、そんな情男《いろおとこ》がいたのかどうか。いたとして、なぜそいつは彼女を窓の外に突き落としたのか。幸い、朝まで気づかれなかったからよかったものの、犯行を大っぴらにするような愚挙じゃないか」

「花陽さんが、自らの意思でそうしたのかもしれませんよ。その結果、足をすべらせてしまって……」

「ふむ。ならば彼女は、なぜドアではなく窓から外へ逃れ出ることを選んだのか。まあ、これは退路を断たれたせいかもしれないが、僕はそもそも犯人がここに入らなかった可能性すら考えているんだ――この〝入り口のない部屋〟にね」

「明智さん、近ごろはそういうのを〝密室〟というらしいですよ」

金田一耕助はかろうじて一矢報いる形で言った。だが、明智にはすでに何か考えがあるらしいのに、自分にはまだ見当もつかないのには焦らずにいられなかった。

「へえ、そうなのか。探偵用語にも流行《はや》りすたりがあるものだね。だいたい、ここから地上に下りるのはともかく、登ってくるのはアメリカ名物のビルの壁をはい上がる蠅《はえ》男でもない限り、むずかしかろう。その意味では、窓は開いていてもここは〝密室〟と言えたかもしれないね」

「さあ、それはどうでしょう」

得意げに語る明智に対し、耕助はいつしか窓の方を見つめながら言った。

「そのための道具さえあれば何とかなりそうですよ。ほら、あの通り……」

「何だって？」

明智は驚いたように耕助を見、次いで彼の視線の先をたどった。

何とそこに展開されていたのは、人間の頭らしきものがヤッコラショヤッコラショというかけ声もろとも、ギロチン窓の下端からせり上がってくる光景だった。

やがて安背広をまとった男の上半身が現われ、ガラス越しに明智たちと目が合うと、ニヤニヤと愛想笑いをしてみせた。

あまりパッとしない風貌《ふうぼう》の、まだ青年といってもいい人物だった。と、そのとたん、

——あっ、貴様、そんなとこで何をしてる？

——下りろっ、こら下りんか！

壁をはいのぼる男に今ごろ気づいたのか、庭の方から警官たちの怒声が聞こえてきた。

男はちらりと下を見やり、これはしまったという表情でギロチン窓に手をかけ、エイヤッと押し上げた……まではよかったが、そのせいで大きくバランスを崩してしまった。

「わあっ」

あわてて駆け寄った明智と金田一の手を借り、男は部屋に転がりこんだ。その背後で、竹製の古びたハシゴが弧を描いて倒れてゆく。

「ふぅ……危ないところだった」

そう独りごちたところで、男は耕助たちのあきれ顔に初めて気がついたようすで、

「私、こういうものでして」

おもむろにポケットから名刺を取り出し、二人の探偵に押しつけるように渡した。

ところへ、等々力警部がドタドタと階段と廊下を踏み鳴らしてやってきた。ドアを蹴破《けやぶ》る勢いで開いたかと思うと、

「おい君！　どこの誰か知らんが、勝手に入りこんだりしちゃ困るじゃないか……って、何だ野崎《のざき》君か」

「こりゃどうも、警部さん」男はペコリと一礼した。「『びっくり箱殺人事件』のときには、お世話になりました」

――名刺に記された肩書と等々力警部の話によれば、彼は一六《いちろく》新聞の野崎六助《ろくすけ》という記者だった。人呼んで頓珍漢《とんちんかん》小僧というから、その腕前のほども知れよう。

等々力警部とは、丸の内の《梟座《ふくろうざ》》が流行のスリラー風味を取り入れたレビュー「パンドーラの匣《はこ》」を上演した際に起きた事件でかかわった。

そのときの手柄が認められて、今回の事件も担当することになり、さっそく偵察に取りかかった。で、新聞などでおなじみの明智の姿を見つけ、何とか話を盗み聞こうとしたものの、邸内は官憲がウヨウヨしているので別方向からの闖入《ちんにゅう》を試みたというわけだった。

「いくら特ダネほしさとはいえ、あきれた男だな。いったい、どこからここへ入ってきた？」

まだ憤然としている警部に、野崎記者は頭をかきかき、

「裏口ですよ。路地を抜けてゆくと存外簡単に入れるところがあるんでさ。あれは出入り商人用かなぁ。そんなものがあったのかって、あったんですよ。ハシゴですか？

あれは花壇の裏あたりに置いてあるのを見つけました」

　と、あっさり答えた。あっけに取られた耕助たちに乗じる形で、手早く情報を聞き出すと、

「はい、さようなら」

　言い置いて、何を思ったか窓の方にもどろうとした。

「おいおい、何もそっちから帰らなくても階段を使えばいいじゃないか。第一、ハシゴは倒してしまったんだろう」

　等々力警部に言われて気づいたらしく、「や、そうでした」と照れ笑いを浮かべながらドアの方に向かった。だが、またふいに立ち止まると、

「そうだ……せっかくですから、こちらからもネタを提供しましょうか。捜査のご参考になるかどうかはわかりませんが、この柳條家についちゃ、ちょっと面白い事実があるんですよ」

「ふむ、聞こうじゃないか」

　明智がうながした。野崎記者は「こりゃ光栄ですな」と勝手に椅子に腰を下ろして、

「それってのは、清久元伯爵の末っ子ってことになってる星子なる娘のことなんですがね」

「星子ちゃん……あの日本人形みたいな？」

耕助は〝どういうことになってる〟という聞き捨てならない言葉にとまどいながら訊《き》いた。

「ええ……実はこの子、戸籍を調べてもらえばすぐわかることなんですが、花陽・月光・雪夜らとは何の血のつながりもない、赤の他人なんですよ。かといってどこぞの馬の骨というわけでもない。柳條元伯爵の主筋に当たるというから大変にやんごとなき家柄の出らしく、ゆえあって当家で養われているということらしいんです。まあ、体が不自由とか、あまり表に出したくないとか、そういった理由でしょう」

「上流家庭にはありがちのことだね。そういえば、清久元伯爵も、一時は肉体美を貴ぶギリシャ芸術とかドイツ流の優生思想にかぶれて、国民健康増進運動とか昭和十五年に開かれるはずだった東京オリンピックの招致活動にかかわったりしたらしいね。あと当人は学生時代から射撃をたしなんでいたみたいだし」

明智は、どこか冷たい微笑を浮かべながら言った。一方、金田一耕助はといえば、

（あの子が、花陽さんや雪夜とは別の血筋……）

耕助にとっては意外でもあり、なるほどとも思える内容の方が気になっていた。

同じ姉妹という先入観からか、ただ一人の男子である月光もふくめて、風貌やふんいきに共通するものを感じていたので、まさか星子だけが別だとは思わなかった。

伯爵家よりやんごとないとすると、どれほど高い身分なのか。花・月・雪・星とく

ればてっきり宝塚の組かと思ったが、その中で「星」だけは別系統だったのか――。

「どうかしたかね？」

明智が訊いた。耕助は頭をかきかき、

「い、いや……実はぼく、月光氏から家族構成について聞いたとき、シャーロック・ホームズ気取りで『ご両親は宝塚の少女歌劇がお好きでしたか』と訊いてみたんです。てっきりそこから子供たちの名前を採ったものだとね。で、それはとんだ大はずれで、雪・月・花にちなむ一男二女にたまたま星子という名の幼子が加わっただけのことで……」

と、しどろもどろになりながら答えたときだった。彼の話の切れ目を待ちかまえていたように、

「先生！」

廊下の方から元気な声がして、一人の男の子が戸口に姿を現わした。

太陽ロビンスのマーク入りの野球帽に手作りらしいユニフォーム、使いこんで黒光りするグローブをはめたところは、どこから見ても戦後そこらじゅうにあふれ出た野球少年だ。

「ボール取らせてくださーい」の声とともにどこへでも入ってゆく彼らだが、これはちと入りこみ過ぎのようだった。

「おお、小林君。首尾はどうだったね」

明智に訊かれて、野球少年はただでさえリンゴのようなほおをさらに紅潮させながら、

「はい、先生がおっしゃったような品物が確かにありました。……これです」

では、彼が有名な明智探偵の少年助手か——と金田一耕助や等々力警部、野崎記者が見守る中、小林芳雄はかたわらに置いていたものをやっこらしょと持ち上げてみせた。

それは、8ミリフィルムの映写機だった。それを見るより明智は満足げにうなずいて、

「やはりあったか。小型映画というと、わが長年の友人である江戸川乱歩《えどがわらんぽ》氏が大好きで、9ミリ半のパテーベビーから8ミリ、16ミリと乗り換えて、自ら編集まで手がける凝りようだ。それに合わせたわけでもあるまいが、『蜘蛛男』や『魔術師』、『暗黒星』事件の犯人たちも映画を怖がらせに使ったものだ。実際、思わぬ目的に使えるものだよ——たとえば、恐ろしげな幻影なり間近に迫る殺人者の姿を映し出して、ただでさえ恐怖におびえる女性を窓から飛び出させるなり、脱出を試みさせるなりして転落死に追いこむといったことにもね」

「明智さん、それは！」

金田一耕助と等々力警部が異口同音に叫んだ。すると、明智は笑いながら手を振って、

「まあ、ただの空想ですよ。何の根拠もない、ね。――で、小林君。この小型映写機はいったいどこで見つけたね？」

「家令の阿野田さんというお年寄りの部屋です」

小林少年は、何の躊躇《ちゅうちょ》もなく答えた。

えっ、と言葉もない耕助を、明智は横目で見ながら、

「なるほど、今朝、最初にこの部屋に入った阿野田老人がねぇ。いや、ご苦労だった」

どこか冷ややかな口調で言った。まさか、そんな……と息をのむ耕助をしりめに、

「ほら、見たまえ金田一君。ほんの数コマだが鎖歯車《スプロケット》の間にちぎれてはさまっている。これはたぶん、あまり知識のない人間がむりやりに引きちぎった残りだと見えるね。ふむ、こりゃあ……」

指先につまみ取ったフィルムの破片を光にかざしつつ、耕助にも示してみせた。8ミリとはいっても、実際のフレームは四・五ミリ×三・三ミリとあまりに小さく、目をこらしてもただ白地に黒い、ただの影絵のようにしか見えなかった。

ただ、その意味するところはわからなくとも、はっきりしていることがあった。そ

れは、次は当然の順番として、雪夜さんの身に危険がせまっているということだった。

*

——次は、柳條雪夜の番か。

段倉数馬は、兄とここまで築き上げた会社《段倉綜業》の事務所で、ひそかにつぶやいていた。

「あの、専務。お茶が入りました……ひッ」

女事務員が小さく悲鳴をあげると、湯のみを置くなりおびえたように立ち去った。どうやらよほど恐ろしげな顔をしていたらしい。

豪放磊落《らいらく》で人から怖がられもするが好かれもする兄・鴻六にくらべると、数馬はとかく冷たいとか近寄りづらいと言われることが多い。

狐のようだと陰口される細面や、ひどく酷薄そうに見えるらしい切れ長の目にかけた銀縁眼鏡。いつもきれいに髪をなでつけ、兄のような派手な柄ではなく渋好みの背広をぴったりと身にまとっているのも、そうした印象に拍車をかけているらしい。

それはそれで数馬自身が意図した部分もあったし、金庫番兼参謀としては周囲に親しまれるより恐れられ煙たがられるぐらいがちょうどよかった。もっとも、そうではない素顔を知っているものにさえ、あんな反応をされたのはいささか心外ではあった。

心外といえば、自分と兄の仲を勝手に邪推し、「数馬は鴻六氏をおだてるだけおだてておいて、すきをついて彼を追い出し、事業をわがものにするつもり」などと妄想して、そのつもりでうまい話を持ちこんできたりする。

もちろん、そんな輩《やから》は尻《しり》を派手にけっとばしてお引き取りいただくが、彼にほんとうにそんな野心があるのかないのか、他人はもちろん自分にすら韜晦《とうかい》している。そうしておいた方が、何かと都合がよかったりする。

厄介ごとは大歓迎、汚れ役は進んでやっていることだ。そうやって、たいがいな困難をこれまでも切り抜けてきた。

だが……今の事態はそれどころではなかった。

かつての主家である柳條家を乗っ取る——などと言っては聞こえが悪い、保護下に置くことは、彼らの事業にとって不可欠だった。

兄の鴻六がにこやかな笑顔とドスをきかせるのとの使い分けなら、自分は徹頭徹尾、理詰めの算盤《そろばん》ずく。その両面作戦で着々と進めてきたのだが、ここにきて、とんでもないことが起きた。

(そう、まさか……柳條家の息子や娘たちを手にかけることになるなんて！)

警察を丸めこむのは、自分たちの仕事の一部みたいなものだが、捜査一課の殺人担当とあっては勝手が違う。しかも……探偵だと？

だが、起きてしまったことはしようがなかった。

合言葉は、毒を食《くら》わば皿まで――。兄や自分が戦場や焼け跡でそうしてきたように、ときに敵に立ち向かい、ときにはひたすら逃げ回って生きのびるだけのことだった。

10

「それじゃあ、小林君はそのまま柳條邸で張りこみに入ったというわけね。わかったわ」

明智文代は、千代田区三番町の自宅兼事務所で電話を受けながら言った。ぬかりのないことに、どこからか入手した緑ヶ丘町の柳條邸の図面を見ながら、

「雪夜さんは邸内のサンルームつき別棟に立てこもった？　ああ、洋館と接して、ほんの一部屋か二部屋分ぐらいの離れがあるのね。そことを結ぶ渡り廊下のような部分がガラス張りの温室になっている……なるほどね、母屋と出入りする部分がガラス張りで丸見えなら監視も楽だし、そうそう賊も入りこめないというわけかしら。了解よ。で、その後の進捗《しんちょく》は？　うちの人は相変わらずかしら。そうだ小林君、あんまりあの若い探偵さんをいじめないように見張っといてくれる。え、先生に限ってそんなことはしてない？　アハハ、それはどうかしらね。

そういえば、緑ヶ丘町の別邸に移る前の話だけど、山の手大空襲のときには青山にあった本邸が丸焼けになって、使用人や同居人がずいぶん亡くなったそうよ。だから、今そちらにいるのは奇跡的に助かった人たちということね。まぁ、戦火から運よく生き残ったのは私たちも同じことだし、何も珍しいことではないけれど……。あ、いけない。あの人に頼まれて調べたことがあるから報告するわね。ええっと、『華族大観』の、これは昭和二年版によると……」

その内容を読み上げる文代に、小林少年は電話口の向こうで〝はい、はい……〟と手帳に鉛筆を走らせるようすだったが、その合間にふと奇妙な言葉を返してきた。

——ああ、何だ。要は「花鳥風月」ということですね。あの金田一って探偵、何を思って、宝塚歌劇の組から名をつけただなんて思ったんだろう？

「た、宝塚歌劇!?」

文代は、『魔術師』事件では明智の敵側にあって苦しい思いをし、『吸血鬼』事件や『人間豹』事件では凶悪な犯罪者と戦ってきた女傑らしくもなく、困惑の声をあげた。

——いや、何でもないです。あの男がそんなことを口走ってたものですから。では、張りこみにかかります。

そう言い置くと、小林は電話を切った。

（あの子ったら、金田一さんって人にやきもちでも焼いてるのかしら。おかしいわ）

文代は苦笑まじりに心につぶやき、あらためて『華族大観』の柳條清久の項目を読み直した。そのあとに、小さくだが声に出して、

「花鳥風月――か。なるほどね」

連絡を終えた小林芳雄は、持ち場にもどると張りこみを再開した。そこは柳條邸の庭園の一角にある小亭で、そこからは母屋の洋館と、柳條雪夜が自室以上に愛用し、花の世話もあるため最も過ごすことの多い小建築がよく見通せた。

別棟とはいうが、その名にふさわしいほど大きくはなく、離れと表現するにはサンルームで結ばれている。そのおかげで、雪夜自身にせよほかの何者であるにせよ、出入りするものは一目瞭然《いちもくりょうぜん》なのだった。

雪夜さんは誰の付き添いもなく、自分にとっての〝城〟といってもよい空間に立てこもった。彼女とは特に話す機会もなかったが、今年始まったばかりの新制中学なら、共学だから自分にもあんなクラスメートができるのかな、と甘酸っぱい気分になったりした。

だから、なおさら彼女の姿を見失うことなどありえない。そう意気ごんで、透明なトンネルのようなサンルームを凝視し始めて小一時間、ようやくそこに一つの変化が生じた。

（おや、あれは……？）

あいにくそれは、彼がひそかに期待した柳條雪夜ではなかった。それどころか、生きた人間であるとも見えず、市松人形の形をしたゼンマイからくりか何かがヨチヨチと姿を現わしたかに見えた。

むろん、そんなはずはなかった。どんなに大型のからくり人形でも、あれほど背丈があるわけはないし、相当小さな部類に入るとしても、生身の人間であることはまちがいなさそうだった。

（あれが柳條……星子さんか。いや、〝ちゃん〟で呼んだ方がいいのかな）

そうとわかっても、まだどこかからくりじみていたのは、星子が胸高の位置に食事を載せた盆をささげ持っていたからで、それがいつだったか先生に見せてもらった江戸時代の茶運び人形を連想させたのだ。

瞬間、もしあれが雪夜さんをねらう殺人者、もしくは殺人装置つきの自動人形だったらどうしようと思ったが、むろんそんなわけはなかった。

万一そうだったとしても早すぎるタイミングで、生きた市松人形はサンルームを逆行して出ていった。そのあとも何かあれば飛び出す構えで、じっと目をこらし続けていると、

「やあ、小林さん」

いきなりポンと肩をたたかれ、驚いてふりむくと、そこには同年輩か少し下ぐらいの少年がニコニコしながら立っていた。

「君は……？」

とまどい顔の小林芳雄に、その少年は手をさしのべながら、

「あ、ぼく御子柴進《みこしばすすむ》といって、新日報社の記者見習……といいたいところだけど、ほんとは給仕をしてます。人呼んで〝探偵小僧〟ってんだけど、小林さんは知らないかなあ」

「新日報社というと、あの三津木俊助《みつぎしゅんすけ》記者のいる……？　だけど、その探偵小僧君が何しにきたんだい」

小林芳雄があっけにとられながら訊《き》くと、御子柴進と名乗る少年は「いやだなあ」と頭をかいて、

「もちろん柳條伯爵家事件の捜査のためですよ。というより、もともとここの柳條月光氏のことをわが社の三津木さんが調べていたんですが」

「調べていたって何を？」

「戦犯容疑です。戦時中、外地の民間人を大量に殺害した責任者として進駐軍が行方を追ってる元士官が、どうやら月光氏らしいというので……伯爵家の跡取り息子がそんなことになったら、これは大変な特ダネですからね」

御子柴少年は、さすがに重い表情になりながら言った。

やっとのことで戦地からわが家に帰ったと思ったら、身に覚えのない、あるいは覚えはあっても悪いこととは認識していなかった罪で連行され、ろくな弁明も許されず絞首刑に処せられたB・C級戦犯の悲劇は珍しいことではなかった。

「それに」ことさら陽気に付け加えた。「せっかくだから、名探偵の少年助手の先輩である小林さんとも話がしたかったし……おっと、誰か出てきましたよ！」

いきなり声を上げると、別棟の方を指さしながら小林の肩をゆすぶった。

「しょうがないな。あやうく見落とすところだったじゃないか。あれは……雪夜さんだな。僕たちの方に手を振ったような……ああ、またすぐ引っこんじゃったじゃないか」

「何だか残念そうですね、小林先輩」

御子柴進――同じ社の敏腕記者・三津木俊助と、彼が師とあおぐ白髪の名探偵・由《ゆ》利《り》麟《りん》太郎《たろう》のコンビによる『幽霊鉄仮面』事件でデビューを飾った少年助手は、先輩への親しみといくぶんかのからかいをこめ、自分も手を振りながら言うのだった。

「それにしても、雪夜さんはあそこで何をしてるんでしょうね」

「さあね」小林芳雄は答えた。「僕たちが見張っている以上、あそこには誰も近づけないことだけは確かだが……それと御子柴君、その〝先輩〟というのはやめてくれないか」

「じゃあ、団長は？」

「それも照れくさいからやめて。少年探偵団の諸君から呼ばれる分にはしょうがないけどね」

＊

柳條雪夜はハッとして身を縮めた。瞬間、のど元まではね上がりかけた心臓をどうやらなだめると、用心深くあたりを見回した。

すぐ目の前にあるのは、ちっぽけな扉。その向こう側に、さっきと違う気配があった。

確かに――確かに、そこには誰かがいる。その誰かと結ぶ関係は、殺人者と被害者、殺し殺される間柄。

……誰がこんなところを見て、芸術とスポーツに理解あることで名高かった柳條清久の娘だと思うだろう。ついこの間までの女学校の制服姿を思い出すだろう。

どうしてこんなことになってしまったのか。もともと彼ら――段倉兄弟が狙っていたのは、彼女の家の財産というよりは名声であり、血統だった。

あのいかにも闇屋あがりといった段倉鴻六は、あつかましくも花陽姉さまの肉体を狙い、さらにおぞましいことにあの冷血そうな数馬は、あろうことか雪夜《わたし》をわがものにしようとした。

私たちはむざむざと食い物にされるわけにはいかなかった。でも、戦地でむりやり手を染めさせられた罪のせいで、ただでさえお優しい心に傷を負い、そのことでいつ捕えられて罰せられるかとおびえていらした月光兄さまは、《段倉綜業》に立ち向かうにはあまりに頼りなかった。

そこで、お姉さまが立ち上がった。あの、お兄さま以上に弱々しく、世間はもちろん、私たちから見ても無力な子供のようにしか見えないお姉さまが、信じられない決意のほどと知恵の働きを見せて。

いえ……私たちは、いつのまにかお姉さまに支配されていた。まさかそんな、と疑う暇もなく、お姉さまの命令通りに動かずにはいられなくさせられていた。年が一番上だとかではない、何か根本的な理由で——そう、催眠術にでもかかったみたいに。

一見無邪気なお姉さまの心の中には、底知れない暗闇があって、私たちはみんなそこにのみこまれていった。お姉さまのあやつるままに動かされていった。

その結果、月光兄さまはあんなことになり、花陽お姉さまもまた……そして、今度は私の番だ。もう逃れようもなく、そして今さら私だけが助かったところで、一人ぼっちの今となっては生きるかいもない。

（だから……戦うしかないんだわ）

あらためて決意を固め、ギリッと音をたてるほど奥歯をかみしめたときだった。

扉が風圧でへし曲げられそうな勢いで開かれ、その向こうにいる人影が逆光になりながら、雪夜の前に立ちふさがった……。


開いた扉の向こう、つい目の前に立ちふさがったのは、あの緑衣の怪人だった。

ヌメヌメした頭巾《ずきん》とマントのようなものをかぶり、わずかにのぞいた顔の部分からは、防塵《ぼうじん》眼鏡の巨大なレンズが突き出している。

「！」

その異形の姿に一瞬ひるんだときだった。ミドリガエルの化け物みたいな奴は、そのダブダブした袖《そで》の下から、ギラギラと刃かがやく彎刀《カトラス》を抜き出した。

あのラッパ銃と同じく、海賊船の甲板が似合いそうな骨董《こっとう》品は、しかし人を殺すには十分に研ぎすまされていた。

キエーッ……怪鳥のような叫びもろとも、電光のように振るわれた切っ先は、やすやすと衣服を切り裂き、皮膚に赤い筋を刻んだ。

その痛みに思わずひるみ、後ずさったときだった。さらなるカトラスの一閃《いっせん》が、今度は真正面からのど笛めがけてまっすぐに突き出された。

これをよけようとしてバランスを崩したからたまらない。しまったと思ったときにはどうしようもなく、その場に尻《しり》もちをついてしまった。あわてて床に腕を突き、起き直ろうとした、のだが……。

それより一瞬早く、怪人が大きく跳躍した。高々とカトラスをふりかざしながら、その巨大にして醜悪な影が視野をいっぱいに覆い、

(これが最期か)

と、恐怖にしびれた頭で考えた――そのときだった。

ふいに、緑衣の怪人の動きがやんだ。まるで時間が止まったかのように、今にもこちらの体にのしかかり、刃《やいば》を深々と突き刺そうとしたままの姿勢で静止してしまったのだ。

「…………?」

何が起こったのかわからぬまま、しばらくは自らも石と化していた。だが、ややあって、

――ほら、神妙にしろ。

――全く危ないところだったなぁ。

見知らぬ男たちの声がしたかと思うと、緑衣の怪人がグィと引き離された。

驚いて見回すと、その部屋には屈強そうな男たちがひしめいていて、なおも激しく

抵抗する化け物を寄ってたかって取り押えていた。そこへ、

「数馬！　こ、これはいったいどうしたことだ……」

顔じゅう口にして駆けこんできたのは、段倉鴻六だった。鴻六は、部屋を埋めた男たちのうち、年かさの一人に向かって、

「けけ、警部さん、これはいったい……？」

警部さんと呼ばれた中年男は、にっこりと笑みを浮かべて、

「ご安心ください。これで事件は解決しました。そして――ごぶじで何よりでした、段倉数馬さん」

言われて段倉数馬は、にじみ出る血をぬぐいながら、よろよろと立ち上がった。

いつも一人で考えごとをするときに使う事務所の一室。そこに立てこもっていたら、いきなりこんな怪物の襲撃を受け、九死に一生を得た。それだけでも驚きなのに、そのあと眼前にくりひろげられたのは、はるかに異常な光景だった。

中年男――等々力警部が、「やれ」とうなずくと同時に、部下の刑事たちが緑色の衣装を勢いよくはぎ取った。

「こ、これは……？」

段倉鴻六と数馬は、異口同音の奇声をあげた。それも無理はなかった。

ミドリガエルめいたマントと眼鏡をはぎ取られ、肩で息をしつつ、グッタリ床に座

りこんだ怪人の正体――それは何と女性であり、しかも誰もが次の被害者だと信じた柳條雪夜にほかならなかった！

「いや、まったく恐れ入りましたよ」

等々力警部は、ため息まじりに言った。段倉兄弟を見やりながら、

「まさか、こんなことになろうとはね。何はともあれ、あなた方もこれ以上、正当防衛の罪を重ねなくてすんだわけです。今回もさすがの名推理でしたね、明智さん。……明智さん？」

11

「あの小林さん。今、サンルームを通って、あの建物に入っていった男、あれはいいんですか」

「ああ、あの人はいいんだ。一応はうちの先生のお許しも出ていたしね」

「何だか気に食わなそうですが」

「そ、そんなことはないさ、御子柴君。だが、何だかようすが変ではあったね。僕らが声をかけても何だかうわの空で、『いいんだ』とか何とか答えていたっけが……」

「そう、確か独り言のようにつぶやいてましたね。『いいんだ、事件は解決した』っ

て」

「えっ、事件は解決……？　そんなこと言ってたのか、あの人。これは先生に確認しなくっちゃ！」

——サンルームからドア一つ隔てた別棟に入ったとたん、光と影が逆転した。

金田一耕助はとっさに目が慣れずに困惑したが、やがてほの暗い部屋の奥に一人の女性の後ろ姿を見出《みいだ》すと、

「こんにちは、星子ちゃん」

と優しく語りかけた。

……答えはなかった。さっきここにやってきて、すぐ折り返したはずの市松人形そっくりな娘は、背を向けたまま微動だにしなかった。

「単純だが効果的なトリックでしたね。食事を持ってゆくふりをして、雪夜さんのいる別棟に入った。少し間をおいてから同じオカッパ頭に着物という市松人形そっくりに装った雪夜さんが入れかわりに出てゆく——ただ、それだけのこと。あとは、雪夜さんのふりをしてちょっと姿を見せでもすれば完璧だ。一方、まんまとここを脱出した雪夜さんは、ただちに《段倉綜業》に向かい、おそらくは自分に言い寄っていた段倉数馬氏を殺害しに行った。だけど、今ぼくがその話をしていることで知れるように、

そのことは警察もとっくに予測ずみ。今ごろは、ぶじに取り押えられていることでしょう。殺人の罪を犯すこともなければ、若い女性の身空で荒くれ男たちのいるところへ乗りこんだことの高確率の結果として、返り討ちにあって殺されることもなくね」

生きた市松人形の肩がピクリと動いたような気がした。だが、それきり微動だにせず、沈黙を保ち続けた。

金田一耕助は語を継いで、

「そう、返り討ち——これこそ、この事件のキー・ワードです。あの晩、花陽さんは自宅に引きこもるふりをして、裏口からこっそり屋敷を出た。その際、窓の締まりを外し、細めに開けておくのを忘れずにね。ある悲壮な決意をこめて向かった先は段倉鴻六氏との密会場所である割烹《かっぽう》旅館《松月》。ちなみにここ、偶然にもぼくの居候先なんですがね。鴻六氏は、かねてより花陽さんを手に入れようと画策しており、と同時に、あとで明らかになるある事情から彼女からの誘いを拒めなかった。まさか、彼女が自分を殺しにきたとは思わなかったでしょうし、もしそうなってもむざむざ命を取られない自信はあった。

結果は、鴻六氏の自信が花陽さんの決意に勝った。割烹旅館とは言い条、連れこみ宿を兼ねた客間には従業員もなるべく近寄らない。人知れず行なわれた格闘の末、鴻六氏に投げられるか突き飛ばされるかした花陽さんは、頭をぶつけてあえなく死んでしまった。豪放で知られた段倉鴻六もこれには困って、弟の数馬氏と電話で相談のうえ、ある作戦を立てた。《松月》まで乗ってきた自慢の外車に花陽さんを積み、かつて運転手としてつかえたことから勝手知った裏口から死体を運びこんだ。見ると、灯《あか》りのついた部屋の窓が少し開いている。しかも真下は壁泉。これはちょうどいいというので水槽に彼女をそっと投げ入れて退散したというわけです。そして、そのあと何か用事をかこつけて、たった今来たような顔で柳條家を訪問した。

花陽さんは、にっくき段倉鴻六を抹殺したあと、何食わぬ顔で自室にもどるためにあらかじめハシゴを用意していた。もう一つ、自分がいなくても窓辺に動く人影が見えるように小型映写機にシルエットのようなものがうごめくフィルムをしかけておいた。その初めと終端をつないで輪にしてしまえば、いつまでも回り続け、影絵は生きたもののように映し出されるというわけです。

むろん、これは花陽さんがご帰館しだい、本人の手で片づけられることになっていたが、それはかなわなかった。では誰の手で取りのけられたかというと、これは言うまでもなく、最初に彼女の部屋に入った家令の阿野田老人。彼がどの程度、柳條家の坊ちゃん嬢ちゃんたちによるいまわしい計画に関与していたかは不明だし、知っていたら止めたに違いないとは思いますが、たとえ知らなくとも『これはまずい』と隠してしまったことに不自然さはない。その際、かけっぱなしだったフィルムを強引に取り外したこともふくめてね。

さて、これまで発生順とは逆に事件について話してきましたが、となれば次は柳條月光氏の〝密室〟における死について語らねばならない。でも、その前に疑問なのは、なぜ彼がぼくのような無名の探偵に依頼をしたのか、ということ。彼の指示で着なれない洋服に伊達《だて》眼鏡、胸に花まで挿して、銀座のレストランで張りこみという名の待ちぼうけをくらわされたのは、いったい何だったのか。それは、花陽さんの部屋で見つけた写真を見、事務所に来たときの彼の不自由なしぐさを思い出すことでわかりました。——月光氏はぼくを身代わりにしてアリバイをでっちあげようとしたのです。

月光氏は華奢《きゃしゃ》で、ぼくはこの通り貧相な体つき。この着物を上等の洋服にかえ、ちょうど街頭散髪にかかって蓬髪《ほうはつ》が少しはましになっていたことでもあり、眼鏡をかければ、何とか化けおおせられないものでもない。無理をして裸眼で来たのは、伊達眼鏡をかけさせたわけを気取られないためでしょう。あまりに自分にそっくりでは、替え玉に使うのだとバレてしまうからね。

では、そのようにしてアリバイを作って、月光氏は何をしようとしたのか。言うまでもなく、段倉鴻六氏を殺害しに行くことでした。いや、弟の数馬氏をもろともに、だったかもしれない。それが予定通りに行かなかったから、鴻六殺しは花陽さん、数馬殺しは雪夜さんと、それぞれを懸想していた相手に割り振られたのかもしれません。

ところで、ぼくの事務所を訪れた月光氏は、段倉兄弟の名を全く別のタップダンサーと入れかえていた。それは、ぼくをアリバイ証人として使って段倉兄弟を殺しに行き、ぶじ成功したとして、それが報じられてぼくの耳に入れば必ず柳條家と結びつけられるからで、幸い、ぼくが読んだゴシップ雑誌の記事には、段倉兄弟の実名が伏せられていた。そのことを知った月光氏は、とっさに思い浮かんだ星野夏彦・冬彦兄弟の名前をそこに当てはめたのです。おかげでご当人や明智さんの前でとんだ大恥をかかされてしまいましたよ。

凶行現場との往還に使用したのは、屋敷に以前からあった側車――サイドカーつきのオートバイ。身にまとったのは、あの緑色の衣装と防塵《ぼうじん》眼鏡。手段はおそらく、射撃を趣味としていた伯爵の遺品を持ち出しての射殺――その理由はあとで説明します――で、そのための準備はまさに万端でした。しかしいざ決行とはなったものの、しょせんはひ弱なお坊ちゃんでしかなかった。格闘の末に銃を奪われかけ、自分で自分の腹を撃つ結果となってしまった。哀れにも返り討ちというわけです。

苦痛にあえぎながらも側車つきバイクで帰宅し、勝手口から談話室に入りこみ、その際賄い婦さんと御用聞きの青年に見とがめられ、ことに御用聞き君には後をつけられたことから、内側から鍵《かぎ》をかけざるを得なかった。そう……御用聞きの青年が見た、談話室内で緑衣の怪人と月光氏が取っ組み合う姿は、貫通した弾傷に苦しみながら、必死に衣装を脱ごうとする姿にほかならなかったのです。

そのとき、鍵穴からは死角になっている居間には、姉の花陽さんと妹の雪夜さんがいた。すぐにも〝戦果〟を知るために待機していたのでしょうが、とにかく計画は大失敗に終わり、大急ぎで後始末にかからねばならなかった。段倉側は正当防衛とはいっても、人ひとりを殺《あや》めたかもしれないことには後ろめたさがあったろうし、そもそもミドリガエルの化け物の正体に気づかなかったかもしれない。

そう……段倉兄弟の口をつぐませ、何より元伯爵家の跡取り息子が殺人を計画し実行した事実を隠蔽《いんぺい》するために、月光氏はあの部屋で緑衣の怪人に殺されたことにする必要があったのです。

そこで用いられたのが、世にも残酷な密室トリックでした。その小道具は古式ゆかしいラッパ銃。まず、ふだんは開け放たれている扉を半ば閉じ、月光氏を安心させるためすっぽり黒い布をかぶせた銃を、扉の小窓に談話室の側からあてがい、居間の方から手を通してこれをつかむ。そのあと扉を閉じ、意識朦朧《もうろう》としかけて正常な判断ができなくなった月光氏に内側から閂《かんぬき》をかけるように命じる。この間、月光氏から脱がせた衣装がすばやくしまわれ、今日また使われたことは言うまでもありません。

そして、ぶじに密室が構成されたところで、もう一つの小窓から狙いをつけて轟然《ごうぜん》一発、月光氏の腹部を撃ちました。ラッパ銃は命中率や殺傷力はさほどではありませんが、とにかく弾丸が大きい分破壊力がすごい。銃口を覆っていた黒布が吹き飛んで、あたりに繊維片となって飛び散りましたが、そんなものは問題にならないほどの狼藉《ろうぜき》ぶりとなった。さあ、これで彼が本来受けていた銃創は破壊され、それが柳條家所蔵の銃器によってつけられたものだとたどることもできなくなりました。段倉側が、自分のところに残された銃や弾丸を恐れながらと警察に提出しない限りはね。手を放せば銃は室内に転がり落ち、これで密室殺人の完成です。

ですが、惨劇はそこで幕となりませんでした。瀕死《ひんし》の月光氏がそこにあった電話機を使い、救いを求める電話をかけたのです——警察でも、残念なことにわが金田一耕助探偵事務所でもなく明智小五郎氏のもとにね。

その直後、銃声を聞いて廊下を回りこんできた御用聞き君の協力を得て、たった今閉じられたばかりの扉が破られ、月光氏の惨死体が〝発見〟されたわけですが、そのあと面倒を避けるために電話を切ってしまったのが、花陽さんか雪夜さんだったかはどうでもいい。問題は、御用聞き君たちが駆けつけるまでの間、居間にいたかもしれない、もう一人の人物のことです……」

金田一耕助はそこまで話すと、出てもいない汗をぬぐった。

「手を……見せてくれませんか」

重苦しい間をおいてから、彼はかすかに震える声で言った。

「星子ちゃん、あなたの手を……ぼくの見たところ、花陽さんも雪夜さんも、さっき言った小窓のトリックを行なうには、ほんの少し無理がないでもない。だから見せてほしいんだ……君の手を」

市松人形の肩が再び震えた。今度のそれは一度で終わらず、最初は小刻みに、しだいに大きくなりながら続いた。

それは悲しみか、恐れか、それとも驚きゆえか——いや、どれとも違っていた。金田一耕助は唐突に思い出した。泣いているように見えて笑っている場合があったことを、実は探偵の浅はかさ、愚かさに腹を抱えていたあの事件のことを！

そのことに気づくのと、市松人形がゆっくりとふりかえるのが同時だった。

「星子、ちゃん……？」

かすれた声で呼びかける耕助を、見知らぬ顔が満面の笑みとともに見つめていた。

彼が知っている星子とは確かに同一人物。だが、その表情は、全身から放たれる気配は、これまでと全く違っていた。

それは、明らかに大人の顔だった。雪夜どころか花陽よりはるかに年上の、歳月を経た女の顔。背丈も大人としては小柄ながら、さっきまで縮かんでいた手足がのびやかに存在を主張していた。

そのとき彼は思い出した。花陽の部屋で見た写真では、雪夜に抱えられた星子が妙に大柄に見えたことを。そして気づいた。人間の体が縮むことがないとすれば、それは別人だということに！

あ、あなたは……と耕助が問いかけるより早く、その女は大きく跳躍し、彼の首回りに飛びついた。いつのまにかその小さな手に握られた刃物が、彼ののど笛に押し当てられた。

「オ馬鹿ナ、探偵サン」

幼児じみた言葉が、耳に吹きこまれた。そのあと、急に二十歳ほど年を取ったようななまめかしい女の声で、

「あたしは柳條風音《かざね》――この家の本当の長女よ。そんなこともわからなかったの？」

予想外の驚きと、やはりそうだったのかという納得。相反する反応が耕助の脳裏《ぬく》をよぎると同時に、のど首に鋭い痛みが走った。皮膚を裂かれ、にじみ出す血の温みを感じた――そのときだった。

耳をつんざく破裂音が間近で轟《とどろ》いたかと思うと、わが身にからみついていた腕の力が抜けた。のしかかっていた体重が消え失《う》せ、やがて間近でドサリと何かが落ちる音がした。

「…………？」

あっけにとられた耕助は、のどの切り傷に手をやりながら、ゆっくりふりかえった。

思わずまぶしさに目を細める。そのはずで、いつのまにか背後から、サンルームの光が差しこんでいた。

部屋の戸口に、一つのシルエットがあった。

おなじみの背広姿にソフト帽をかぶり、まだ銃口から煙たなびく拳銃《けんじゅう》を構えた人物――それが誰かは、もう言うまでもなかった。

次いでドヤドヤと駆けこんできたのは、等々力警部と部下の警官たち、それに小林芳雄と御子柴進だ。女はといえば、なおも、振り乱した髪のまま悪鬼の表情で周囲をねめつけていたが、もはや観念したのか抵抗することはなかった。

そんな一場のドタバタとはかけ離れたように、金田一耕助と明智小五郎――この二人の〈探偵〉は、いつまでもその場にたたずんで互いを見つめ合っていた……。

12

「つまりだね、御子柴君。柳條清久伯爵には、長男で早くに亡くなられた一鳥さんと、世間的には長女とされてきた花陽さんの間に、もう一人風音という娘がいたんだよ」

「へえ、そうだったのか。そうすると、鳥・風・花・月と『花鳥風月』がそろうわけで、そのあとに生まれた雪夜さんには、下の二人と合わせて『雪月花』となるようにしたと、そういうことでいいのかな、小林団長？」

「だから、それはやめてくれって。ところが、生まれてまもなく、この風音という女の子は体を動かすことも不自由な難病を抱えていることがわかった。誤った優生学やスポーツ振興の立場から、それを不体裁だと考えた伯爵は、早々に金をつけて他家に養女に出してしまったんだね」

「ひどい話だね。それで、その後はどうなったの？　あのようすを見ると、今はすっかり健康のようだけど」

「うん、彼女の養育先というのがえらい人たちで、献身的に介護をしたり最新の療法を試したり、どうやら日常生活に支障のないまでに回復した。でも、そのせいでお金を使いすぎて破産してしまったうえ、病に倒れてしまった」

「それなら、伯爵家に頼ればいいのに……ああ、そうはしたくなかったのか」

「そういうことらしい。一方、お体裁屋でおべっか使いの伯爵は、主筋に当たる家の頼みで一人の女の子を預かった。その理由は風音を養子に出したのと変わらないだろうに、ひどい話さ。ところが、昭和二十年の山の手大空襲で青山の柳條邸は全焼し、そのさなかに星子さんも焼け死んでしまった。困り果てた伯爵のもとに現われたのが……」

「風音だったというわけか。え、もしかして、それで……」

「そう、風音は、十も二十も歳の違う星子の身代わりになることを申し出た。そして、彼女を交えて緑ヶ丘町の別邸での生活が始まった。だが、それは、底知れない憎しみと怨《うら》みを親きょうだいに抱く彼女が、その独特の魔力によって彼らを少しずつ精神的支配下に置いてゆく過程の始まりだったんだ……」

＊

その事実を、二人の〈探偵〉は同じ東京の屋根の下、それぞれの城というべき事務所で考えていた——なぜ自分が、もしくは自分たちが同じ一人の人間から依頼を受けることになったのかを。


——一人はほどなく知った。自分もまた殺されようとしていたことを。

単に替え玉をつとめただけですむはずはなかった。いくら被害者候補の名前をごまかしたところで、早晩アリバイの道具に使われたことには気づかれる。何といってもこの金田一耕助は探偵なのだから。

そして、背格好が似ているということは、もっとほかに使い道がある……たとえば、自分の服を着せたうえで殺害し、顔をつぶしてしまえば身代わり死体のできあがり。

柳條月光は、外地での戦争犯罪のかどで告発されることを恐れていたという。そんな心理を利用すれば、自分という存在を消してしまう選択は案外簡単になしうる。で、存在を消してどうするか……決まっている、死者の仮面をかぶって犯行をなしとげるのだ。この世にいない人間ならば、逮捕されようがない。

要するに、と彼は気づいた。金田一耕助という探偵が全く無名だから、顔のない死体として転がしても、誰も気にしない存在だったから選ばれたのだと！

（まいったな）彼はつぶやいた。（あのときはああ啖呵《たんか》を切ったが、これはとても探偵としての依頼を受けたとはいえない。その栄誉はあの人に譲るとしよう）

――もう一人もまた知った。自分もしょせんはただの道具であったことを。

あのとき、瀕死《ひんし》の被害者が事務所に電話をかけてきたのは、それ以前にこの明智小五郎に依頼をするつもりがあったからだろう。それで無意識に、記憶していた電話番号を回したのだろう。

だが、その目的とは何だ。柳條家の面々にとって真実の発見は無用の沙汰《さた》だったとすれば、自分を雇おうとしていたのは、ただのポーズではなかったか。自分たちが被害者側であることを強調し、ひいては仇敵《きゅうてき》の段倉兄弟の側につかれないために！

要するに、と彼は気づいた。明智小五郎という探偵が単に虚名を博しているから選ばれたので、自分たちの犯罪を看破されるとは思っていなかったのだと！

（まいったな）彼はつぶやいた。（彼にはあんなことを言ったが、これはとても探偵としての依頼を受けたとはいえない。この事件は僕の事件簿からは削らせてもらうとしよう）

「それはそれとして」

ため息のあとで、二人の〈探偵〉は期せずしてつぶやいていた。いつしかよみがえった朗らかな笑顔とともに、

「機会があれば、彼とはまた競い合ってみたいものだ――今度は、もっともっと謎めいて複雑怪奇で、そしてもう少しまともな事件で！」

と。

金田一耕助 meets ミスター・モト

サンフランシスコ - 神戸一九三五年

1

「あ痛っ！」

「気をつけろい《ワッチャウ》、この馬鹿《ユー・イディオツ》！」

「これこれ、そんな乱暴な口をきいてはいけません。……あなた、大丈夫ですか」

——それが、その人との出会いだった。

最初に悲鳴をあげたのがぼく、どなったのが気の荒そうなポーターで、これはこの物語に関係がない。そして三番目の人物こそがその人で、悲鳴のわけは彼のトランクをかついだポーターが勢い余って、その一つをぼくにぶつけてしまったためだった。トランクには持ち主の名前らしきI.A.M……という文字が記してあったが、それ以上は読み取れなかった。

「これは、とてもとても申し訳ありませんでした《アイム・ソー・ソーリー》」

小腰をかがめるようにして、ぼくにおじぎをしたその人は、年のころ三十ぐらい。西洋人としてはかなり小柄な方で、いくぶん臆病《おくびょう》にさえ見えるほど穏やかな丸顔に細ぶちの眼鏡をかけ、髪の毛をきれいになでつけた紳士だった。

ときは一九三五年というから昭和十年。サンフランシスコ港の埠頭《ふとう》で、出航を直前に控えてごった返すタラップ周りでのできごとだった。
＊＊丸といえば、誰でも知っているだろう。NYK——日本郵船が北太平洋航路に就航させている豪華貨客船の一つで、ロサンゼルスと香港を約二十五日で結ぶ。
そのときぼくは二十二、三歳で、やっとこさ卒業したカレッジの免状と、新しい職業への希望だけをトランクに詰めて日本に帰国するところだった。

「おけがなくて何よりでした。ほんとにほんとにごめんなさい《アイム・ソーリー・ソーリー》。では……せっかく同じ船に乗るのですから、またお会いできるといいですね」

共にタラップを上がったその人は、欧米の大洋定期船《オーシャン・ライナー》には及ばないものの、華麗でご清潔な一等船室へと向かった。

ぼくはといえば、その下の二等船室《ツーリスト・クラス》にも入れずに、船底近くのエンジン音が轟々《ごうごう》と響く二段ベッドの三等室へ。

ちっぽけな舷窓《げんそう》から、相客と交代でかろうじて金門橋をくぐるところは見ることができたものの、それ以外は味気ない旅になりそうだった。これでもアメリカへの往路よりはだいぶましになったのだ。

むろんのこと、くだんの紳士とはそれきり会うはずもなかったのだが……。

「この船には、高名な日本人の探偵が乗っているそうですね」

一等船室の客しか入れない甲板で、ゆっくりと煙草をくゆらしながら、その人は、いきなりそう切り出してきた。

——それが二度目の出会いだった。

ホノルルでの何日かの寄港を経て、一路日本に向かい始めたころ、ぼくはいきなりボーイから一等船客のある方が、お前さんを呼んでいると言伝《ことづて》された。

いぶかりながら、一張羅の背広にネクタイ姿で行ってみると、あの I'm so sorry の紳士が、にこやかな笑顔とともにぼくを待っていた。

「そ、そうですか。そういえば、ぼくも船底の方でそんな噂を聞きましたよ」

ぼくはいきなり何を言い出すのかと、用心しいしい答えた。「高名な日本人の探偵」がこの船に乗っているらしいと聞いたのは本当で、上級船室の客たちの間ではその話でもちきりだということだった。

ぼくとしては、何とも複雑な思いだった。というのは、その探偵というのはおそらく……。

「そりゃそうでしょう」紳士は微笑した。「なにしろ、その探偵というのはキンダイチさん、あなたなのですからね」

その言葉とともに、差し出された新聞があった。それは、ぼくの最初の事件について報じたサンフランシスコの新聞だった。

そう、確かに紳士の言う通りだった。ぼく、すなわち金田《きんだ》一耕助《いちこうすけ》は、東北の田舎から上京して東京の私学に入ったものの、どうにも飽き足りなくてアメリカに渡った。だが、そこでもさっぱりモノにはならず、そのあげく殺人事件に巻き込まれたりして、とんだことになるところだった。

そのとき自分でも思いもよらなかった推理の才を発揮して、自分でも驚いたことに将来は探偵になろうとひそかに決意してしまった。

これも運命というのか、ちょうどアメリカに視察に来ていた久保《くぼ》銀造《ぎんぞう》氏という岡山在住の果樹園経営者から学資その他の面倒を見ようという申し出があった。そこで一念発起してカレッジに復学し、今こうして帰国の途についているというわけなのだった。

「いや、ですが、ぼくは決して、そんなような者では」

ぼくは、思いがけず自分の正体がバレたことに狼狽《ろうばい》しながらも、否定した。在サンフランシスコの日系人間で起きた悲劇を解明したのは確かだが、だからといって、ここまで評判になるとは考えられなかったからだ。

「お隠しあるな、お隠しあるな」

紳士は、真ん丸いレンズの奥で目をきらめかせた。

「そこでキンダイチさん、そんなあなたを見こんでお願いしたいことがあるのですがね……」

2

——数時間後、すっかり静まりかえった客船の一角でぼくはあろうことかコソ泥のような真似をはたらいていた。

今しも、別の一角では船上パーティーが華やかに開かれているところだったが、その喧噪《けんそう》も乾杯の音もここまでは届かなかった。ただ、ときおり船員か自室に戻る酔客の足音がドア越しに響いて、そのたびにドキリとさせられた。

（くそっ、弱ったな。こんな部屋のどこに隠し場所があるというんだ……）

ぼくは何も、まだ開業してもいない探偵稼業に見切りをつけて、怪盗に商売替えしたわけではない。あの紳士の依頼に従って、とある船客の持ち物から、これまたとある貴重な物品を探し出そうとしているのだった。

つまりこれは、ぼくの私立探偵としての初仕事というべきものだったが、どう見ても泥棒の片棒をかついでいるとしか思えない。片棒どころか、主犯以外の何者でもなかった。

本当ならこんな仕事を引き受けるべきではなかった。だが、あの穏やかな紳士に見つめられ、優しい声を聞いていると、どうにも逆らえなかったのだった。

「くわしくは申し上げられませんが、これは日本のためになることなんです」

――この殺し文句が、決定的だった。

とはいえ殺し文句で事件が解決するなら、探偵などいらないはずだった。すでに調べるべき場所は調べ、探るべきものは探った。だが、あの紳士がぼくに捜し当てるように言った「秘密の場所」などは、どこにも見出《みいだ》せなかった。

(おや、あれは……?)

ふと妙なものが目に留まった。それはテーブルの片隅に置かれた小さな将棋盤だった。ここの部屋の主が何国人なのかは知らないが、将棋を指すのだろうか。近寄って目をこらした。

窓の明かりを頼りにすかし見ると、どうやらそれは詰将棋の問題らしかった。ぼくも決して将棋は嫌いな方ではない。

それに加えて、何もかもがわけのわからないこの捜査にあって、唯一この将棋盤だけがまともな問いかけをし、はっきりした答えを用意してくれているような気がした。そうした思いに引き寄せられたのか、ぼくはいつしかその詰将棋を解こうと頭をひねり始めていた。

解答はすぐに見つかった。

ぼくはすばやく駒を動かし、玉将を追いつめた。駒には磁石でもしこんであるのか、動かすたびにピタリと盤に吸いつくのが妙だった。

ぶじに詰みとなり、駒を元にもどさねばと思ったときだった。どこかでカチリと音がして、将棋盤の側面が、まるで箱根細工の秘密箱のように開き、中身がすべり出た。

これか！　と、思わず叫び出しそうになった。紳士の言っていたのはこれだったかと、思わずその中身――赤い蠟《ろう》で密閉されたやや大きめの封筒に手を伸ばしかけたそのとき、

「×××！」

何語とも知れない叫びが背後から浴びせられ、と同時に部屋の灯《あか》りがついた。

その瞬間、総身が凍りつき、心臓がジャンプして口から飛び出しそうな気がした。背後からの声はなおもわめきたてたが、さっぱり意味がわからない。だが、それが決して平和的なものでないことは通訳を介さずとも明らかだった。

（しまった、もうおしまいだ……）

そう思い、観念するどころか、激しい後悔におそわれたとき、背後の人の気配のさらに後方から声があった。

「お待ちなさい。私の友人にそれ以上、手出しは許しませんよ。そして今のうちに改心して祈るのですな――ナム・アミ・ダブツと」

それは、まぎれもなくあの小柄な紳士の声だった。

そのあとに、ひどく長々しく感じられる、だが実際にはほんの一、二秒の間があった。

次の刹那《せつな》、ぼくの背後の人影はわけのわからない叫びを上げながら、紳士に躍りかかった。つられて振り返ったぼくが見たのは、あの紳士が襲い来るこの部屋の主を軽々とつり上げ、エイヤッと船室の壁めがけて投げつける光景だった。

「早く考えなさい《シンク・ファースト》、ミスター・キンダイチ！」

紳士が鋭く叫んだが、ぼくにはとっさに意味がわからなかった。think fast が実はcatch、捕まえろという意味の俗語だということに気づいたときには、男はすでに長々と床にのびていた。

そのあとのことは、いっそうわけがわからない。騒ぎを聞きつけて集まってきた船長はじめ乗組員、客の紳士淑女で現場はパーティーが引っ越してきたような混乱となった。彼らは最初のうちこそぼくを賊扱いしたものの、紳士が何ごとかを説明すると、たちまちそれも止んで、賞賛の声をあげ始めた。

〝すばらしいお手柄ですね。さすがは名探偵だ！〟

〝もしかして、あれはジュードーの技ですか？〟

〝あなたがあの有名な日本の名探偵とは……〟

そんな言葉が切れぎれに聞こえた。ぼくは自分がどうやらずいぶん立派な仕事を成功させたのだと気づいたが、奇妙なことにちっともぼく自身がほめられている気がしないのだった。

「サンキュー、ミスター・キンダイチ」

紳士がぼくに、おじぎをしながら言ってくれたのに唯一報われた気がした。

それからぼくは再びしがない三等船客となり、日本までの十日ほどの旅をもっぱらそこで過ごした。

横浜着の翌日が神戸。もしかして、そこであの紳士に会えるのではないかと思ったが、タラップを下りるぼくの視線は、むなしく埠頭《ふとう》の雑踏のただなかをさまようばかりだった。

もし、そうしていなかったら、いつのまにか自分の周りを取り囲んだ怪しい一団に気づいたろうか。いや、それも怪しいものだが、とにかくぼくはどてっ腹にピストルを突きつけられ、ドスの利いた声でこうささやかれていた。

「日本へようこそ、ミスター・モト」

3

何が何だか、いっそうわからなくなった。

そのまま車に積みこまれ、目隠しと猿ぐつわをかまされたぼくは、ミナト神戸のどこか、という以外にはわからない建物に連れて行かれた。そこの半地下にあるコンクリート打ちっぱなしの部屋でイスにくくりつけられ、きびしい尋問を受けた。

曰《いわ》く——＊＊丸で貴様が奪い取った秘密の設計図（だか方程式）をよこせ。お前があの船で、探偵としてやったことは何もかも明らかになっておるのだ。

曰く——貴様は探偵とはいえ、日本人ならば、なぜわが国が英米相手に戦端を開く準備の邪魔をする。あの方程式（だか設計図）があれば、大日本帝国の勝利は疑いないのだぞ。

曰く——とにかく吐け、吐くのだ、ミスター・モト！

その中でも一番根本的な、ぼくはミスター・モトなどという人間ではなく金田一耕助だという訴えは、はなから耳も貸してもらえなかった。

ミスター・モトというのは、元賢太郎《もとけんたろう》といって、横浜・神戸・サンフランシスコに店舗を持つ大日本貿易会社の社員であったり、国際貿易商聯合《れんごう》の機密調査部員であったり、神戸の考古学協会に属する学者だったり、はたまた国際警察の機密部長をつとめる第六百七十三号だったり、とにかく正体不明の探偵であるらしい。

正体不明にもかかわらず、その行動は常に戦争回避を目的としていて、そして、一部の愛国者たちにとっては目の上のタンコブに等しい存在であるようだった。そして、自分がそんな快男児ではないと主張し続ければ、コブやアザだらけになるだけではすみそうになかった。

ついに男たちは業を煮やし、ぼくを監禁した部屋にしこたまダイナマイトをしかけ、憎々しい捨てゼリフとともに立ち去った。

これは夢だ、悪い夢を見ているのだ……そう思いこもうとしても、導火線から飛び散る火花とキナ臭いにおいが、いやおうなく現実に引きもどした。そして、ついにぼくの肉体も精神も、こなみじんに砕け散ろうとした――寸前、半分だけ地上に面した窓越しにヒョイとのぞいた顔があった。

それが誰のものだったかは言うまでもない。たとえ声はガラスにへだてられて聞こえなくとも、あの何ともいえない微笑は見まがいようもなかった。そして、その口元が、はっきりとこう言っているのもまた……。

「これはどうも……すっかり遅くなりまして、重ね重ねおわび申し上げます《アイム・ソーリー・ソーリー》」

その後、ぼくをさらった一団は一網打尽となり、ぼくは最寄りの警察に保護されたものの、ろくすっぽ取り調べもないまま、くれぐれも他言無用との釘《くぎ》をさされて解放された。さっぱり不得要領なまま神戸の街に放り出されたぼくは、前方を行く人影に呼びかけた。

「ミスター・モト」

あの小柄な紳士が立ちどまり、今や一種異様なものとも見える、だがあくまで邪気のない笑顔をこちらに振り向けた。

「これまでのことは、いったい何がどうなっていたのか。それをあなたに問いただそうとは思いません。ただ、ぼくはぼくがめざす職業の立場から思うところを述べるばかりです。──聞いていただけますか」

紳士──ミスター・モトはうなずいてみせた。ぼくは興奮するとつい出そうになる吃音《きつおん》癖をあやうく抑えながら、

「あなたは、小柄で、身ぎれいにしていて、どんなときも微笑を絶やさず、へりくだった口調でしゃべり、何かといえば I'm so sorry と言う。西洋人──というくくりがそもそも乱暴ですが、彼らからはあなたが典型的日本人に見えるらしい。けれども、僕らからはとうていそうは見えない。アングロサクソンではないけれど、欧州のどこか、ハンガリーあたりの人とでも言う方が、むしろもっともらしいでしょう。西洋人からは日本人に見えるのに、日本人からは西洋人にしか見えない──あなたのこの特性こそが、手品のタネだったのです」

ミスター・モトはにこやかな表情のまま、先をうながすように軽く手をあげた。

「ミスター・モト」ぼくは続けた。「あなたはあの船で日本へ運ばれようとしていた重大な機密──おそらくは、わが国が英米その他の諸国を相手に戦争を始めたくなる

ような発明を、何としても奪い取る必要があった。ところが、あなたはあまりに名前と顔を知られており、閉ざされた船内では自由に動くことができなかった。船内に噂として流れていた『高名な日本人の探偵』とはミスター・モト、あなたのことであって決して金田一耕助などという夕マゴを指すものではなかった。

ところが、あなたはこの点を逆手に取った。一等船室の外国人客にとって、ぼくが忍びこんだあの部屋の主をふくめて、金田一耕助という本物の日本人探偵は逆にそうは見えなかった。たぶんあまりに汚らしく、貧乏臭すぎたせいでね。そこでぼくは、何がどうお眼鏡にかなったのかはわかりませんが、あなたの手先というか操り人形に選ばれた。そして、ひょっとしたらあなたはくわしくなかったかもしれない詰将棋の謎を解いて、あの封筒を手に入れることができた……」

「そう、その通りです。あれはおみごとでした。将来のあなたの探偵としての成功を約束するに足るほどどね」

ミスター・モトはうなずいてみせた。ぼくは続けた。

「ところが、神戸ではあなたの特性が逆に働いた。あの封筒の中身を待ちかまえていた連中からすると、あなたではなくぼくこそが『日本人の探偵』に見えた。たぶん船員か三等船客から情報がもれていたのでしょう。そこで彼らはぼくをひっさらい、何とかして設計図だか方程式の所在を吐かせようとした――違いますか」

「おみごとです。キンダイチさん、あなたはきっとすばらしい探偵になりますよ」

ミスター・モトは言い、祝福するかのように手を打ち鳴らした。ぼくは一瞬、そのことに感激し、お礼さえ言ってしまいそうになったが、

「教えてください、ミスター・モト」

ぼくは、あえてそんな思いを振り払い、問いかけた。

「あなたはいったい何者なのですか。あなたの職業は、貿易商なのか国際警察のような組織の一員なのか、それとも冒険好きの学者先生なのか……。そして、そのお顔は本物なのか。日本人の扮装《ふんそう》をした西洋人なのか、それとも西洋人臭く化けた日本人なのでしょうか。そもそも、あなたの本当の名は？」

ミスター・モトの微笑が深くなった。

「そう……私の名はI・A・モト。日本の最も高い地位にあるお方に直属する探偵です。そして――それ以外のことは、すべて付けたりのようなものです。では、これにてお別れといたしましょう。もっとあなたとゆっくり話せなくて、I'm so sorry, Mr. Kindaichi!」

そのときぼくは、ミスター・モトの幻術にかかったかのように茫然《ぼうぜん》とその場に立ちつくした。そしてハッとわれに返ったとき、ぼくの視界には日本と外国の人やものがひしめく神戸の風景があって、二度とあの不思議な紳士の姿を見出《みいだ》すことはできなか

った。

(そうだ)

ぼくは思わずつぶやいていた。

(ぼくにはやるべきことがある。それからこの日本で何としてもならなくてはいけないものが……)

＊

耕助は三年居残ってカレッジを出た。そして日本へ戻ると、すぐ神戸から岡山の銀造のもとへやって来たが、その時、銀造はこういった。

「さて……と、これから何をするつもりだね」

「僕、探偵になろうと思います」

「探偵……?」

——『本陣殺人事件』より

探偵、魔都に集う——明智小五郎対金田一耕助

上海一九四一年

1

純白の看護服をまとい、菊花になぞらえて十六のひだをつけた寒冷紗《かんれいしゃ》の帽子をかぶると、いつもながら身が引きしまった。

磯貝《いそがい》モヨ子《こ》は、急ぎ足で宿舎から診断室兼処置室に充てられている部屋に向かうと、明番《あけばん》の同僚たちから申し送りを受けた。

今日の勤務に備えて、すばやく書類に視線を走らせる。日々入れかわりの激しい患者たちの状況は、常に頭にたたきこんでおかなければならなかった。

それは、いつに変わらぬ朝の作業。そんなさなか、病床日誌に記された、とある患者の症状経過に目がとまった。

(仮骨形成……癒合順調……他の傷の感染症もなし、か。よかった、これならもうすぐ松葉杖《まつばづえ》なしで歩けそうね)

はるかに深刻で、残酷でさえある傷を負った人たちも多いのに、ことさらこんな軽傷者が気になるのも変な話だった。そういえば、当初からその患者――前線から送り返されてきてまもない二等兵からは、何となく奇妙な感じを受けていた。

法眼《ほうげん》部隊――通称・上海《シャンハイ》陸軍病院。モヨ子の勤務先であるここは、一銭五厘の赤紙でかき集められ、送りこまれた中国大陸で不運にも、あるいは幸運にも傷ついて、前線から送り返されてきた兵士たちでいっぱいだ。

彼もまた、その一人に過ぎなかった。にもかかわらず、

「どこにでもいそうなのに、でも何だか不思議な人だなあ」

というのが、その患者への第一印象であり、その思いは日々ふくらむ一方だった。

――生まれ故郷の看護婦養成所を出たあと、検定試験に合格したモヨ子は、しばらく小さな医院につとめたあと、戦地派遣の看護婦募集に応じて採用された。門司《もじ》から連絡船に乗り、上海市の一角に建てられた病院に赴任した。

それは、盧溝橋《ろこうきょう》で戦火が上がり、次いでここ上海が戦場となってしばらくのこと。それからというものは、ひっきりなしに運びこまれる負傷者たちの世話に明け暮れた。

モヨ子の受け持ちは、第一区第一病棟の外科巡視病棟。彼はその大部屋に収容された、名もなき傷病兵だった。

ひょろりとして小柄な体軀《たいく》は、背嚢《はいのう》をかつぎ銃を担うにはいささか、いや相当に心もとない。だが、それ自体は珍しくもないことだった。

戦闘への適性や生存の可能性におかまいなしに、あらゆる職種の男たちがかき集められる。だが、彼には何だかほかの患者とは違うものがあるようだった。

伸ばしっぱなしとはいえ、まだそれほど長くもない髪をモジャモジャさせ、いつも人のよさそうな笑顔を浮かべている。口を開けば他愛《たわい》もない軽口ばかりで、モヨ子ら看護婦ばかりか、ときに気難しい軍医たちまで笑わせる。

それだけなら、やはり何の変哲もないのだが、この男には妙な特技があった。とぼけた顔をしていて、妙にカンが鋭いというのか、モヨ子や同僚の出身地や経歴をぴたりと言い当てたりする。

そのほかに、こんなことがあった。

とある備品がなくなって看護婦たちが困っていたとき（どんなものでも、天皇陛下からの預かりものというあつかいだから大変だった）、どこで小耳にはさんだのか、モヨ子たちの控室にやってきて、何のためかよくわからない質問をいくつかしたかと思うと、いきなり中途半端な長さの髪をガリガリバリバリと引っかき回し始めた。そのあげく、

「わかりましたよ」

と言い、やおら窓の外を指さして、

「あの庭のキリスト像の根元を調べてごらんなさい」

この病院は、もとフランス人が建てたもので、帝国陸軍の施設としては似つかわしくないことに、イエス・キリストが両手を広げた立像が庭に立てられていた。

その根元に掘り返したような跡があるので調べてみると、はたしてなくなった備品が見つかった。

明らかに何者かによる盗みだ。だが、それが誰かについてはとぼけた笑いを浮かべて答えようとしなかった。

あまりの的中ぶりに、この貧相な男は、内地にいたときは腕利きの占い師か何かだったのではと思った。でなければ、彼こそ泥棒の張本人ではなかったか。

これは冗談ではなく、もしこのいきさつが上の方にもれていたら、真っ先に嫌疑がかけられてまずいことになっていただろう。軍隊とはそういうところだ。

だが、彼はそんなことをまるで気にしていないかのようで、これもかなり風変わりなことに思えた。それやこれやが不思議でしようがなく、

「どうして、そんなことがわかったんですか」

モヨ子が訊《き》くと、彼は照れ笑いを浮かべながら答えたが、その答えがまたふるっていた。

「実はぼく、探偵なんです。だからですよ」

(ずいぶんふざけた言い草だわ)

いま思い返しても、何だかからかわれているようでムッとしたときだった。病棟そのものをゆるがしそうな婦長の声が、朗々と鳴り響いた。

「法眼閣下の総回診！　一同整列っ」

その声に、朝のざわめきに包まれていた病棟にピンと緊張が走り、水を打ったような静寂があたりを支配した。

(いけない、あんな人のことを考えて、ついぼんやりしちゃったわ)

ここの院長である法眼龍丸《たつまる》軍医中将のおでましとあっては、少しのミスも許されない。モヨ子は申し送り用の書類をつかむと、あわてて立ち上がった。

そのとき、書類に記された患者のうち、今まさに考えていた兵士の名が目に飛びこんできた。彼女はそっと彼の名をつぶやくと、

「金田《きんだ》一耕助《いちこうすけ》――やっぱり名前からして変わっているわね。しかも、よりによって私立探偵だなんて、探偵小説じゃあるまいし！」

なぜ彼のことなんて気にしたのか、むしろそのことに憤然となったモヨ子だった。

そのあとに、ふと思い出して、

(そういえば、誰か人を捜しているようなことを言っていたわね……あっと、いけない、仕事仕事！)

2

「あ、あ、あのぅ、こ、これ……」

背後からしどろもどろな声をかけられて、その人物はけげんそうな顔でふりかえった。端整で知的だが、どこか冷たい風貌《ふうぼう》に接したとたん、

「ハッ、ぼ、ぼくが……いえ、自分が拾いましたこれは、も、もしやあなた……じゃない、じょ、上官殿のご本ではありまっせんで、ありましょうか？」

金田一耕助はぎこちなく敬礼しながら、身も言葉もギクシャクときしませつつ言った。それも無理はなかった。

病院といえども、ここは軍隊。どんなに気をつけようと、声をかけた相手の方が星の数が多ければ、どんな目にあうかもしれない。くれぐれも油断は禁物だった。

下っぱとして虐《いじ》めていた相手と、兵隊に取られてから風呂場《ふろば》で出くわし、いい気になって背中など流させ、さて湯から上がって軍服を着たら先方は上級の〝古兵殿〟で、顔の曲がるほどなぐられたという悲喜劇もあったりする。

今、彼が声をかけた相手に関していえば、先方が出てきたのは将校のための二人用病室。大部屋の住人である彼からすれば、雲の上の存在といっても大げさではなかっ

た。

軍隊では油断は禁物——だが緊張しすぎもまた禁物だった。松葉杖をそのままに敬礼をしようとして、とっさに反対側の脇にはさんだ本がポロリと大理石の冷たい床に落ちてしまった。

（アッ……しまった！）

耕助はますます狼狽《ろうばい》しながら身をかがめてそれを拾い上げると、ついてもいないホコリを払った。最敬礼しながら、うやうやしく差し出したその本の表紙には、ドス赤いバックに重ねてこんな文字が躍っていた。

夜歩く
　天人社・怪奇密封版
　　ジョン・ディクソン・カー／内山賢次訳

それは彼がひそかに愛好してやまない、そして読む機会の絶えて久しい探偵小説だった。

だが、先方は唐突さにとまどったのか、なかなか手を出そうとしない。金田一耕助は、おそるおそる顔を上げると、

「あの……上官殿は、大道寺《だいどうじ》少尉殿ではありませんか？」

何か取り返しのつかない失敗をした気がして、つい声を裏返らせながら訊いた。

「ああ、そうだが？」

相手はまだいぶかしげな色を残しながらも、笑みをふくんだ声で言った。この反応に、金田一耕助はようやっと安堵《あんど》して、

「あ、それでしたら……ほら、この見返しに S.Daidōji とサインがありましたから、それでこちらの看護婦さんにお部屋をたずねて、それでやってきたんです……じゃない、やってまいりましたんで、あります！」

裏見返しの部分に小さく記されたペン字を示しながら、言った。

「なるほど……で、どこでこれを？」

「庭の花壇のあたりであります。実は、それ以前に少尉殿がこの本を読んでおられる姿を談話室で遠目にお見かけしておりまして……それもあって、ぜひお返ししようとお捜ししておったのであります！」

耕助が相変わらずの調子で答えると、大道寺少尉殿はフッと笑いをもらして、

「まあ、そんなに硬くならなくてもいいよ。ええっと、君――？」

「金田一耕助二等兵でありますっ」

耕助は、しゃちこばりながら敬礼してみせた。

「キンダイチ——珍しい名前だね。軍隊《こっち》では何かと苦労が多そうだな。ともあれ、わざわざ届けに来てくれてありがとう」

物柔らかで気さくな言い方は、生粋の軍人という感じからは遠かった。大学を出てそのまま任官した口かもしれず、耕助はひそかに安堵の胸をなでおろした。そんな思いを知る由もなく、

「では、これで」

大道寺少尉殿は会釈すると、その場を立ち去りかけた。だが、ふいにクルッときびすを返したかと思うと、

「ひょっとして、君もこういう小説が好きなのかい？」

言いながら、渡されたばかりの本をヒョイッと持ち上げ、悪魔らしき毛むくじゃらの手が、鋭い爪の先で殺人現場の見取り図をつまんでいる装画を示した。

その、いかにも非常時にふさわしくない表紙とあわせての思いがけない質問に耕助が、

「ええ、もちろん！　もしや、あなたもですか？」

他人に見られたらビンタものの、待ってましたといわんばかりな態度で答えたのは言うまでもなかった。

（ありがとう、モヨ子ちゃん）彼は思わず心につぶやいた。（君が教えてくれたおか

げで、やっとこの人──大道寺真吾《しんご》少尉にたどり着くことができたよ！）

＊

──金田一耕助が召集令状を受け取ったのは、あの岡山の本陣一柳《ほんじんいちやなぎ》家で起きた凄惨《せいさん》な密室殺人を解決して、しばらく東京ですごしていたときのことだった。

アメリカから帰り、私立探偵としてようやく名を上げたのもつかのま、一兵卒として中支戦線に送られた。思うさま殴られ、蹴《け》られ、重荷を背負わされ、泥水を存分に味わわされ、そして雨あられと銃弾を浴びせられた。

気がついたときには頭上は敵機の群。戦友たちが次々と串刺《くしざ》しにされ、肉片となって飛び散るさなか、全身傷だらけとなったうえに足の骨を折ったものの、かろうじて生きのびた。

たった一人焦土の中に取り残され、飢えと渇きと痛みにのたうち回った。もうこれで終わりかと思われたとき、からくも友軍に助けられ、担送患者として法眼部隊の上海陸軍病院に送られたのだった。

ひそかに恐れていた通り、軍隊とは、そして戦場とはあらゆる意味で彼にふさわしくない場だった。自分の頭で考えること、理屈をこねることが何より忌まれ、兵営での一挙一動はもちろん、前職や経歴までが難癖と嘲笑《ちょうしょう》の対象となった。

金田一耕助の出身は東北で、故郷の連隊に配属されたのだが、東京で私大に通った彼とずっと地元にいて召集された連中とは肌合いが違った。探偵だったなどということはうっかり口にできず、ましてアメリカに遊学していたことなどもってのほかだった。

「軍隊《こっち》では何かと苦労が多そうだな」というさっきの言葉はまさに図星で、彼の名字を「金田」と読み違えた古参兵から、

「カネダ・イッコウスケ……何だ、こんな名前があるか。貴様それでも日本人か！」

と激しくののしられ、ビンタをくらわされたことさえあった。

現実ばかりか架空の世界ですらひどく窮屈になり、「英米的」とされた探偵小説は禁圧の対象となっていた。そもそも、軍隊にあってうかうかと本の話でもすれば、それが何であれ、どんな目にあわされるか知れたものではなかった。

傷つき倒れて運びこまれた陸軍病院では、全てがはるかにましだった。そこには東京や大阪など、都会地の兵隊たちもいて、何より銃を取って戦う必要がなかった。

だからといって、心置きなく語り合える相手はおらず、しかも二十代後半にさしかかった肉体は、看護婦たちの献身的な手当てもあって確実に快方に向かい、このままでは再び最前線に送られるのも時間の問題だった。

「しかも……」

耕助は病舎の窓から、日々ため息をつかずにはいられなかった。

何しろここからは、大上海のにぎわいが手に取るように見える。日本人街のさらに向こうにある「租界」の中心部からは、夜ごと林立する摩天楼のシルエットに無数の灯《あか》りやネオンサインが魅力に満ちてきらめいていた。

それはまるで、彼に生きることの楽しさを鼻先に突きつけてくるかのようで、

（せめて、一度はあそこに――すぐそばにある〝異国〟に足を踏み入れてみたい。これが、死出の思い出となったとしてもかまわないから）

とまで、思いつめたこともあったほどだった。

そんな中で偶然見つけた探偵小説本（しかも翻訳物だ）、れっきとした敵性文学を読む人の姿は何よりも懐かしく慕わしくさえあった。で、その本をたまたま拾うに至って、矢も盾もたまらず持ち主捜しに乗り出し、ついに今回の遭遇となったのだった。

そして、彼のひそかな希望はぶじにかなえられた。

『夜歩く』の人とは、その後、何度も顔を合わせ、文学や映画その他芸術全般について語り、さしさわりのない人物月旦《げったん》や世相談議に時を過ごした。もちろん探偵小説が、話題の中で大きな位置を占めていたことは言うまでもなかった。

たとえば、こんな具合に――。

「このカーというのはですね、少尉殿」耕助は言った。「米国生まれで英国在住の新進の探偵小説家で、この本が出た昭和五年には、まだこうした世界の味を知らなかったので手に入れそこねてしまいまして……ですから、ここでめぐりあえたのはうれしい限りなんですが……あのぅ」

「何かね」

「この本は『怪奇密封版』と銘打ってあるぐらいで、後ろの方が袋とじになっていて結末が読めないようになっているんですが……」

耕助が指摘した通り、この本は後半三分の一が黄色い紙でくるまれており、奥付の手前のページで糊付《のりづ》けされていた。そこを破らないと結末が読めない仕組みである。

少尉殿はそこに刷りこまれた文字を読み上げて、

「ああ、『若《も》し封を切る前に謎が解けるか、又は話に退屈を感じられたら、封を切らずに、本社へお戻し下さい。代金をお返し致します』と書いてあるね。ちょっと面白い趣向ではあるな」

「これはそもそも、本国版がそうなっていたみたいです」

金田一耕助が豆知識を披露した。つまりこれは、読者に謎解きをうながす一種の挑戦状であり、話題作りのためのたくみな販売策でもあるというわけだった。

「ほう？　そうなのか。まあ、刊行からだいぶたった今となっては受け付けてくれるかどうかも怪しいし、神田《かんだ》区表神保《おもてじんぼう》町にあるという天人社《はんもと》に直接持って行くこともできないからね。かりに郵送でもいいとしても、代金を送り返してもらう先の指定しようがない」

「いえ、それはそれとして……」耕助は首をふった。「この袋とじがまだ解かれないままになっているのは、どういうことかな、と思いまして」

「ああ、それなら、ここに書いてあるように、解決篇を読むまでもなく謎が解けてしまったからなんだ」

「えっ、ほんとですか」

耕助は、思わず感嘆の声をあげた。すると少尉殿は笑いながら手をふって、

「いや、それは冗談で、まだそこまで読み進んでいないだけのことさ。もっとも、私なりの推理はできているがね。……どうだね、金田一君。君は本職の探偵だったそうだが、一つこれを読んで謎解きに挑戦してみては」

「えっ」

「この本を貸してあげるから、真相を思いついたところで、私と競い合ってみないかい」

「えっ、そんな……いや、それはぜひ読んでみたいですけど。いいんですか？」

「どうぞ、どうぞ」

こんな会話の内容もさることながら、一兵卒と下級とはいえ将校が親しくするのははばかられた。そのため、まるで忍び逢《あ》いのようなことにならざるを得なかったが、それがまたスリリングでもあった。

その何度目かのことだった。役得だろうか、少尉がこっそり持ちこんだ酒や菓子をはさんでのひととき、彼は耕助が松葉杖《まつばづえ》を手放しているのに気づくと、

「ぶじ完治か……どうやら君も、そろそろここを追い出されるときが来たようだね」

どこか皮肉な微笑を浮かべながら言った。

「は、そういうことのようです」耕助は頭をかきかき、うなずいて、「どこの戦地へ出されるかは神のみぞ知る、ですが」

そうなることの残念さを、正直にあらわすほどには相手と打ちとけていた。大道寺真吾少尉はそれに答えて、

「やはり、そうか。実は私もそういうことになりそうなんだよ」

「そうなんですか」

と打ち沈んだ金田一耕助に、

「どうだい、お互いのお名残に上海見物としゃれこまないかい？」

「えっ」

耕助は思わず声をあげてしまった。思わず相手の顔を見返すと、

「そ、そ、そんなことが、できるんでしょうか。露顕したらとんでもないことになったりして」

「ああ。なぁに、私は何とでも公務をこじつけられるし、金田一君はその従卒としてついてきたことにすれば、万一まずいことになってもごまかしがきくだろう。行くんなら、服装も適当に調達してくるよ。どうかね、今夜あたり？」

「い、い、行きます！」

まさに願ったりかなったりとは、このことだった。こうして彼は、「魔都」の異名を持つ大都会への旅に乗り出した——。

3

——そこは、まさに別天地だった。


その夜、誘われるまま陸軍病院を抜け出した金田一耕助は、軍服でも病衣でもない洋服にそでを通し、あらかじめ手配したらしき黄包車《ワンポーツ》——中国式の人力車に分乗し、ひそかな、そしていくぶんやけっぱちでもある冒険に乗り出した。

やがて見えてきたのは、十九階建ての百老匯大廈《ブロードウェイ・マンション》と当地第一流という礼査《アスター・ハウス・》飯店《ホテル》。それらに右と左から見送られ、二台の黄包車は、一九〇七年に竣工《しゅんこう》した外白鉄橋《ガーデンブリツジ》を渡っていった。

そのあたりも十分に繁華であったが、蘇州河を越えたとたん、世界がさらに大きく一変した。

そこは、上海市の中心部を流れる黄浦江《こうほこう》の西岸沿い。中国人は外灘《ワイタン》と呼び、西洋人はバンドと名づけたその一帯は、まばゆい光に包まれ、耳を聾《ろう》せんばかりの音楽と歓声にさんざめいていた。

「いや、これは……」

金田一耕助が感にたえて言った言葉は、すぐそばをポールから火花を散らしながら駆け抜けた有軌電車《ヨウグイディエンチャー》の轟音《ごうおん》と、無数のクラクションにかき消された。

しかたなく、連れの乗った黄包車が真横に来るのを待ってから、

「虹口《ホンキユウ》地区も事変以来、日本人がますます増えて、にぎわっていると聞きますが、ここはやはり格別ですね……ねえ、大道寺さん！」

素《す》っ頓狂《とんきよう》な声で呼びかけた。先方は「少尉殿」という言い方は好まず、人目のないときは〝さん〟づけでかまわないと言ってくれていた。

ややしばらくして、幌《ほろ》の向こう側から機嫌よさそうな顔がのぞいたかと思うと、

「ああ？　そりゃあそうさ。何しろここは上海租界の中心、心臓部といっていいとこ

ろなんだからね」

いかにも物なれたようすの返事がもどってきた。その言葉にまちがいはなかった。

――いわゆる上海租界は、イギリス、アメリカ、そして日本などが管理する二十二・六平方キロの「共同租界」と、その南に十・二二平方キロを占める「フランス租界」に大別され、それぞれ独立した行政権と警察権を有していた。

元来の上海県城は「南市《ナンシー》」と呼ばれ、今も昔も中国人たちの街だが、広さと勢威、何より経済力において外国人にかなうものではなかった。

租界――それは極東そのもののこの国に突如出現した西洋列強の近代空間であり、あらゆる文化とファッションと、そして犯罪の発信地でもあった。

夜ともなれば、どこもかも黒一色に塗りつぶされ、弱々しい灯火が点々とするだけの中で、租界はそこだけを切り取ったように明るく、そしてにぎやかなのだった。

それは日中間に戦火が上がり、上海の一部が戦場になってからも変わらなかった。むしろ、国民党軍が去ったあとに親日政権が置かれ、周囲を日本軍の占領地にすっかりかこまれて籠《かご》の鳥になった今こそ、あだ花のように狂い咲いていた……。

ガーデンブリッジから外灘《バンド》地区の北端に入り、まず左に見えてくるのは「犬と中国人入るべからず」の看板で有名な外灘公園《パブリック・ガーデン》。その反対側に、それをもしのぐ広さの園庭と、重厚きわまりない城館をほこるのが英国総領事館で、これらはいずれも植民地支配の象徴といっていい。

その間を走る黄浦灘路――後の中山東一路である。

耕助たちは、無数の人と車がごった返す混沌《こんとん》のただ中を、ひたすら突き進んでいった。交通整理に走り回るのは、赤いターバンにヒゲむじゃのインド人警官たちだ。大英帝国の植民地から引きずり出され、別の植民地に治安維持要員として送られたのが彼らなのだった。

イオニア式の円柱をめぐらした東方匯理《インドシナ》銀行、今は日本正金銀行が入っているグレン郵船《ライン》ビル、アヘン貿易で巨富をつかんだ怡和洋行《ジャーディン・マセソン》、そして横浜正金銀行上海支店――いずれ劣らず、この都市の経済を支える企業であった。

だが、それらよりはるかに目立つのは、その次に二つ並んで屹立《きつりつ》する摩天楼だ。ざっと十五階はあろうか。東京ですらお目にかかったことのない高層建築に、

「あ痛っ……」

つい上を向きすぎた金田一耕助は、そのせいで首の筋を違えかけたほどだった。両摩天楼はほぼ同じ高さながら、一方は巨大な墓石のように真っ暗。もう一方は窓という窓から光があふれ出ていた。

手前のアールデコ様式のビルは、中国銀行総行が入るはずでほぼ完成にこぎつけた

ものの、その直後の第二次上海事変で沙汰《さた》やみになってしまった。

一方、その隣にあって、てっぺんに緑色のピラミッドみたいな大屋根をいただき、外灘《バンド》じゅうで最も目立っているといっても過言でない建物は――。

「あれが、沙遜大廈《サッスーン・ハウス》だよ。ちなみに五階から上には、高級志向で評判の華懋飯店《キャセイ・ホテル》が入っている」

「なるほど！」

教えられて、耕助はそう答えたあと、おそらくは一生縁のなさそうなホテルの豪華な食事と、寝心地よさそうなベッドに思いをはせた。そして思った、

（あのホテルの百分の一、いや、千分の一の安物でいいから、死を意識せずに飲み食いし、眠れる日ははたして返ってくるのだろうか）

との切ない問いかけを。

そうこうするうちにも、黄包車は赤レンガと白い壁面のとりあわせが美しい匯中飯店《パレス・ホテル》、有力英字紙〈字林西報《ノースチャイナ・デイリーニュース》〉の本社などを通りすぎた。

十五分ごとに時を告げる江海関――上海税関の時計塔をあおぎ、その隣にあってギリシャの神殿に石造ドームを冠したように豪奢《ごうしゃ》な匯豊銀行《ホンコン・シャンハイ・バンキング・コーポレーション》から、さらに四筋ほど南下すれば、フランス租界に出てしまう――と思われたところで、黄包車はつと進路を右に転じた。

「おや？」

そうつぶやいたのもつかのま、耕助には周囲の雰囲気がみるみる変わっていくのがわかった。

にわかに漂い始めた、何ともなまめかしくもいかがわしく、淫蕩《いんとう》で猥雑《わいざつ》な空気――街のにおいからして、すでに違ってきていた。あたかもそれは、大都会《メトロポリス》上海が表の顔を脱ぎ捨て、魔都上海の正体をあらわすかのようだった。

「お気づきかな、金田一君。ここが悪名高き四馬路《スモル》だよ」

意味ありげな笑いをふくんだ声が、連れの黄包車から聞こえてきた。

「えっ……大道寺さん。すると、ここが歌の文句にいうところの『夢の四馬路《すまろ》』ですか」

「そうだよ」

と聞かされて、金田一耕助は妖《あや》しく胸が高鳴るのを禁じえなかった。

四馬路。それは上海最大の妓院街《ぎいんがい》――娼婦《しょうふ》たちと遊廓《ゆうかく》が無数にひしめく一大歓楽郷だった。全盛期には四百を数える妓院が、妓女《ぎじょ》二万人を抱えていたという。

もしかして、このうちの一軒が目的地なのか……そう想像すると、妙な期待とえたいの知れない畏怖《いふ》に打たれた。

道ばたにまであふれて痴態や嬌態《きょうたい》をさらす女たち、まとわりつく酔客、雲霞《うんか》のごとくたかってくる客引き――だが、黄包車の引き手はさすがに慣れたもので、彼らを巧みによけながら紅灯青灯のはざまをかいくぐり、入り組んだ街路をあれよあれよという間に駆け抜けていった。

むせっぽい脂粉とけたたましい嬌声《きょうせい》がしだいに遠ざかり、風景は再びモダンさを取りもどしていった。とはいえ、刹那《せつな》的な享楽を切ないまでに求めるかのような、街の息づかいに変わりはなかった。

「あ。あれは……」

金田一耕助は、思わず座席の上でのびあがった。

前方に、ひときわ大きく、無数の窓から宝石のような光をふりまいているビルディングが見えてきたからだった。何よりの特徴は、真正面に屹立する巨大な塔で、屋上に何基もすえられたサーチライトを浴びて浮かび上がったその壁面には、

HOLLYWOOD

DANCEHALL

蓬萊塢

――というネオンサインが、蠱惑《こわく》的な女の目のようにまたたいていた。

た。

「蓬萊塢舞庁《ハリウッド・ダンスホール》……」

金田一耕助も、内地にいたときからその名は聞いたことがあった。静安寺の百楽門《パラマウント》、フランス租界の大世界《ダスカ》と並ぶ娯楽の大殿堂――。

ここは舞庁《ウーティン》であるのはもちろん、卡巴莱《キャバレー》であり遊楽場《ヨウラーチャン》であり、映画と実演が楽しめる影戯院《インジユーユアン》でもあり、そして……めったなことでは言うをはばかる場所をもふくんでいた。

広大なダンスフロアに男女は入り乱れ、爵士《ジャズ》マンたちは狂騒的に楽器をかき鳴らし、歌手は叫ぶように、ときにむせび泣くように唄《うた》いあげる。

テーブルでは五色の酒がくみかわされ、山海の珍味が次々と運びこまれる。ここでの一夜の宴《うたげ》のために、いったい何頭の牛と豚と、何羽の鶏が命を落とさねばならないことだろう。

そして、いったい何人の人が貧しさときつい労働に耐えながら、財布のふくらんだ客たちの楽しみを支えなければならないのだろうか。実際、中国人だけでなく、ソビエト政府やナチスに追われてここまで流れてきた人たちは、前身や教養にかかわらず、底辺の職につくほかないと聞く。

そんなことはさらりと無視してルーレットは回り、カードが乱舞する。ときおりパンパンと響くのは景気よく高級シャンパンを抜く音か、それとも絶望した誰かが、他人の心臓もしくは自分の脳天めがけて放った銃声かもしれなかった。

人種もさまざま、言語もさまざま。唯一共通しているのは、それぞれの欲望にどこまでも忠実なことぐらいだが、その内容も実に千差万別。

だが、ここ《蓬萊塢《ハリウッド》》では、金さえあればたいがいの欲望にこたえてくれるのだった……たとえご所望が男であろうと女であろうと。

＊

——アナタ、アナタ、ダイジョウブ？　気分、悪クナイ？

奇妙になまった声が、ゼンマイのゆるんだポータブル蓄音機みたいに間延びしながら、遠くかすかに聞こえてきた。

（だいじょうぶ、ちょっと飲みすぎただけだ……それにちょっと食べすぎたかもしれない。何しろふだんは病院食ばかりだからね……だいじょうぶ、ちょっと外で涼めばすぐに治るから……）

自分の声までもが、何だか変な風に聞こえた。体がフワフワ浮くような、やたらと目の回るような感覚があり、そうした中で彼は「だいじょうぶ、だいじょうぶ！」と誰かに答え続けていたのだった。

「…………！」

奇妙な堂々めぐりが、ふいに途切れた。

気がつくと、金田一耕助はさっきまでのダンスフロアではなく、広々とした、だがどこか殺風景な広間の一隅で、ソファにへたりこんでいた。

ついさっきまで、耳をつんざかんばかりに鳴り響いていたビッグバンドの演奏も、けたたましいおしゃべりの声もすっかり消え失《う》せて、かえってそのせいで耳鳴りがするほどであった。

金田一耕助はゴシゴシと目をこすった。

すぐ前に立てられた灰皿では、吸いさしの細巻煙草が甘い香りのする煙をたなびかせている。

その行方をボンヤリとながめているうち、大道寺少尉とともにダンサーだか女給だかをまじえてかこんだテーブルで、つい調子に乗りすぎてしまったこと。そうしたら、てきめんに酒が回ってしまい、そのせいで気分が悪くなり、ここへ運ばれてきたことを思い出した。

夢うつつに聞いた声は、あのときテーブルについてくれた旗袍《チーパオ》の似合う中国娘のそれだったか、それとも白系ロシアの美女であったのか。何にせよその柔肌《やわはだ》に触れたことは確かだった。

ふいに、何もかもが非現実的に感じられた。あのみじめで過酷な軍隊生活と、こんな快楽の園でくつろいでいる自分がどうにもつながらない気がしたのだ。

と同時に、あと何時間かでそこにもどらなくてはならないことははっきり自覚されていて、切なくて、苦しくてどうしようもなかった。背中をやたらと足の多い虫がオゾオゾとはい回るようだった。

(大道寺少尉は、だいじょうぶだと請け合ってくれていたが、万一ここまで来た目的がバレたらただではすむまい。無断外出の罪は重いし、まして脱走あつかいにでもなればただちに重営倉入り……そのあとはいっそうひどいことになるだろうが、しかしここに来たことを悔いはしない。どうせ、十中八九死ぬと決まった身なのだし！)

耕助は目の前にあったグラスをあおった。誰の飲み残しとも知れなかったが、おかげでほんの少しだけ不安が遠ざかったような気がした。

飲みつけないアルコール分のなせるわざか、何とも奇妙な感覚が金田一耕助をとらえ始めた。

――そこはダンスフロアやステージ、ボックス席やカウンターなどのある巨大なホールから防音扉でへだてられた、ロビーのような場所だった。

彼が腰かけている壁際のソファの真ん前からは、廊下がまっすぐのびており、突き当たりには、欧文と漢字で記した札が下がっていた。

アルファベットはちょっと読み取れなかったが、漢字の方は字数の関係で文字が大きいので、退屈まぎれに目をこらしているうちに「閑人免進」と解読することができた。〝関係者以外立ち入り禁止〟というほどの意味だろうか。

その廊下をはさんで、右がホール、左側には複数の小部屋が奥へ向かって並んでいた。一番手前の部屋には、耕助がいる側に向かって出入り口があり、「打牌室／CARDROOM」と刻んだ金色の銘板がはめこまれていた。

ソファ近くの壁に貼られた案内図によると、打牌室つまりトランプ遊戯のための部屋の奥は「休閑室／LOUNGING ROOM」となっている。というからには、休憩室といった感じの部屋だろうか。ちなみに、ここにはトイレが付属していた。

ほかに、それらとは別方向になるが、このロビーには沙龍《サロン》があり、吸烟室《スモーキング・ルーム》があり、ホールの喧騒《けんそう》を離れて静かに過ごすことができるようになっていた。

むろん彼にとって《蓬萊塢《ハリウッド》》自体からして、初めて来る場所だった。にもかかわらず、どこかで見たような気がしてならなかった。いや、見たというよりは読んだというべきだろうか——などと変なことを考えたときだった。

「よう、金田一君。調子はどうかね」

ポンと肩をたたき、にこやかに話しかけてきたものがあった。

「あ、少尉殿……じゃなくて大道寺さんでしたね」

金田一耕助が訂正すると、相手は「そうそう」とうなずいて、

「まあ、どうやら元気のようで安心したよ。ふだんから粗食になれた胃袋へ、あんなごちそうを一気に放りこんだんじゃ体もびっくりするだろう」

「いやあ、面目ないです。ぼくはぼくで、大道寺さんとはぐれたらどうしようとヒヤヒヤしましたよ」

「そうかい。まあ、このへんが潮時かもしれないし、ぼちぼち部隊に引き揚げるとしようか」

「ええ、名残惜しいですが……」

いつまでもここにいたいのは山々だった。だが、楽しみを長引かせればそれだけ危険は大きくなるし、病院に帰り着いたあとでもごまかしきれるかどうか、不安もつのるばかりだった。

だが、このまますぐに《蓬萊塢》をあとにするのかと思いきや、

「悪いが金田一君、ここでちょっと待っててくれないか。ちょっと会っておきたい人があるんだ」

大道寺少尉は、片手拝みにそんなことを頼んできた。むろん金田一耕助には、断わる理由などあるわけはなかった。

「それは、かまいませんが……どこへ行かれるんですか？」

「この目の前の部屋だよ」

耕助の鼻先を通過し、スッとさしのべられた指先は、「打牌室《カードルーム》」の扉に向けられていた。

どういう事情だかはわかるはずもなかったが、それ以上詮索《せんさく》することもできなかった。かりに自分だけ先に帰りたいと思っても、一人ではこの歓楽街から元の病院にもどることなど思いもよらなかった。

「じゃ、ちょっと失礼するよ」

「ええ、どうぞごゆっくり」

金田一耕助はそう言うと、軽く手をあげながら、そのままその部屋に入ってゆく後ろ姿を見送った。

少尉の姿を陰に隠しながら、扉がゆっくりと閉まり、ややあって、仮締《ラッチボルト》めが受け座にはまりこむカチャリという音がした。

そのとき、彼は言いようのない不安が頭をよぎるのを感じた。まるであのドアが閉ざされるのが、今生の別れでもあるかのような、ヒヤリとしたものを感じたのだ。

そんなバカなことがと、すぐに一笑に付した。だが、そのかわりに頭をもたげてきたのが、さっきの奇妙な感覚だった。

（ああ、やっぱりこのながめには、何だか覚えのあるような気がするぞ。こんなところには生まれて初めて来たのに……。配列や位置関係はずいぶん違うけれど、こんな風にトランプをする部屋だとか喫煙室、サロンなどがある場所を、確かどこかで……そうだ、まるであの『夜歩く』の殺人現場のようではないか！）

――大道寺真吾少尉の持ち物だった天人社版の『夜歩く』には、表紙と巻頭ページに殺人事件が起きたパリのダンスホールにしてレストラン、そしてルーレット賭博《とばく》場をも兼ねた「フェネリの店」の二階平面図が掲載されていた。

血みどろの惨劇が起きたのは、そこの「骨牌《カルタ》室」で、美しい新妻を迎えて幸せの絶頂にあったはずの公爵が、あろうことか首と胴体を両断された死体となって発見される。実は、公爵夫人の前夫は恐るべき殺人鬼で、自分のもとを逃げ出した元妻ばかりか、彼女の婚約者にまで脅迫状を送り続けていたのだ。

当然、彼が犯人と疑われたが、凶行前後には現場と周辺の各室への出入りは監視されており、誰一人として凶行が可能なものはいなかった――つまり「密室の殺人」というやつだ。

どうやら、自分はまだ酔っているらしいと金田一耕助は考えた。

いくら何でも、こんな虚実混淆《こんこう》があるわけはない、これはただの偶然、いや、思いこみから来た錯覚――そう自分で自分を納得させた矢先、何とも奇妙な幕間《まくあい》劇が目前で展開された。

ふいにキィ……とかすかな軋《きし》み音をたてて、打牌室《カードルーム》の扉がかすかに開いた。そのあわいに向かって、

「あ、大道寺さん。ご用はもうおすみになったんで……」

声をかけてからとまどったのは、投げかけた視線の先にはわずかに開いたドアのすき間があるだけだったからだ。

人は無意識に、相手の顔の高さを予測し、そこに視線を向ける。だが、大道寺真吾少尉の顔があるべき位置には、何もなかったからだった。

いや……あった。予想より三尺は低い場所から、顔をのぞかせているのは、確かに大道寺少尉だった。まるで床にはいつくばって、顔だけドアのこちら側に突き出しているかのようだ。

だが、かなり気さくなところはあっても、根は謹厳な軍人である彼が、いったい何のためにそんな物好きなことを?

「大道、寺さ……」

疑問を胸に、再度呼びかけかけて、耕助は唇をこわばらせた。変だったのは彼の姿勢だけではない。ついさっきまでの二枚目ぶりとは打って変わった、ひどく異様なご面相ゆえだった。

まず顔色が妙にドス黒く、目はうつろで、口は半開き。およそ生気というものが感

じられないうえに、位置的にはこちらの姿がはっきり見えているはずなのに、少しも反応を示さなかった――まるで、死んででもいるように！

何よりおかしなことは、その位置だった。立っているにしては顔の来る位置が低すぎるし、身をかがめているにしても、なぜそんな格好でいるのかがわからない。

と見るまに顔はスッと引っこみ、ドアは再び閉ざされた。

そのあとに、沈黙と静寂がやってきた。かすかに聞こえてくるのは、ホールの厚い扉越しに流れこんでくるバンドの生演奏だ。続いては、それをほめたたえるワーッという客たちの歓声。

どれほどの時間が過ぎただろう。大道寺少尉はあの異様な顔見せのあと、いつまでたっても打牌室《カードルーム》から出てこない。

つのる不安に、これはこちらから呼びに行った方がいいかなと腰を上げかけたときだった。

バタン！　いきなり打牌室の扉が開いたかと思うと、およそ予想外な人物がそこから飛び出してきた。

それはさっき、黄包車《ワンポーツ》から見かけたのと同じいでたちの、シーク教徒であることを示す赤いターバンの印度巡捕《インドウ・シュンプー》――インド人巡査だった。彼らのほぼ全員がそうであるように、浅黒い顔の口元といいあごといい頬といい、濃いひげをビッシリ生やしていた。

インド人の警察官といえば、イギリスが有力な地位を占めてきた共同租界の名物。ちなみにフランス租界では安南《アンナン》人の警官が多くいるということだが、要するに地元民から嫌われる汚れ仕事は、白人以外にやらせようという手口だ。

ちなみに、このとき駆けつけたのは正真正銘のお巡りさんで、近くを巡回中に通報を受けて駆けつけたものだった。

いったい何が起きたのか？　金田一耕助ははじかれたように立ち上がり、打牌室の戸口に歩み寄った。次の瞬間、室内に何かいまわしいものの存在を察知してしまい、ハッとその場に立ちすくんでしまった。

インド人警官はといえば、何かわけのわからないことをわめいていたが、やがて打牌室のドアを乱暴な手つきで閉めると、今度はホールとの間に設けられた廊下を駆け抜けていってしまった。

ほどなくしてガチャッという音がしたところからすると、そこに外部への出口があるらしかった。

（い、今のはいったい何だったんだ。そ、そ、それに大道寺さんは……？）

見ると、打牌室の扉は閉め方が悪かったせいか、半開きになっている。金田一耕助は、度胸を決めるとハンカチでドアノブをつかみ、そろそろと室内に足を踏み入れた。

「！」

一瞬、息が止まるかと思った。

——室内は広々としており、カードゲーム用のテーブルは小ぢんまりとした、だがいかにも凝った高価そうなものが距離を取っていくつか置いてあるだけ。なかなかぜいたくな空間の使い方がしてあった。

だが、金田一耕助の視線は、そうした調度や内装ではなく床の上に吸いつけられた。

そこには、男性一人が、あおむけに横たわっていたが、それが大道寺真吾少尉であるかどうかは、とっさに判断がつかなかった。

それどころか、服の前後ろをよくよく見ておかないと、うつぶせに寝ているものと勘違いしかねなかった。

それというのは——その人物には首がなかったからだ！

「こ、こ、これが、だ、大道寺さん……？　ええっ、そんなまさか！」

金田一耕助は思わず叫んだ。叫ばずにはいられなかった。

4

——その死体は、打牌室《カードルーム》の出入り口寄りに横たわっていた。

服装は確かに大道寺少尉のもの。ただ、身元をあかす最大の手がかりである頭部は失われ、マグロの輪切りを思わせる赤黒い断面がさらされていた。真ん中に白く見えるのは頸骨《けいこつ》だろう。

周囲に血は飛び散り、惨憺《さんたん》たるありさまだが、斬首《ざんしゅ》ならば当然もたらされるはずの血の海には至っていない。

（ということは、殺害後に首を切り落としたか）

金田一耕助は、当初の恐怖や興奮からさめ、いつしか冷静に、かつての自分を取りもどしながら現場の状況を見つめていた。

見回したところ、部屋のどこにも死体の首が見当たらない。ここは『夜歩く』と違うところだな――と思いかけて、現実と小説を混同してはならないと首をふった。

その拍子に、床に散った細かな血の軌跡に目がとまった。少尉の頭のあるべき場所から点々と続くそれは、いったん部屋の戸口に向かい、そこから折り返して奥の方に向かっていた。

打牌室の突き当たりには、小さなドアがあって、その先が休閑室《ラウンジング・ルーム》で、この地ではなかなかお目にかかれない、清潔な便所が付属していた。

そこを出ると、さっき見た「閑人免進／Authorized Personnel Only」の札が下がった壁面が立ちふさがった。

ふりかえってみると、さっきまで自分が腰かけていた壁際のソファが見えたが、この戸口はあちらからは死角になっていて、ロビーにいるものに気づかれずに出入りが可能だとわかった。

「何だ、各室とも内側から鍵《かぎ》がかかっていたりしないし、これは『密室の殺人』ではなかったか……いや、そう決めつけるのはまだ早いぞ」

そう独りごちると、彼はそのまま関係者以外立ち入り禁止のはずの扉を開けて、ずかずかと中に入ってみた。さっきインド人巡査が去っていったのも（そして、おそらくやってきたのも）、たぶんここを通ってのことと思われた。

（え、ここは……？）

耕助は思わず、その場に立ちつくしてしまった。

そこは壁の手前側とは打って変わり、このうえなく雑然として、しかも騒然とした熱気に包まれた空間だった。

ホールの舞台での上演用らしき書き割りをはじめ、大道具・小道具、照明具などがひしめく舞台裏。その間をきらびやかな衣装の踊り子や歌手、道化師やマジシャンらが右往左往していた。

彼らは扉をへだてた向こうの殺人騒ぎなど知らぬげに、誰もがいそがしく駆け回ったりメーキャップにいそしんだり、けいこに余念がなかったりしていて、とっさには声のかけようがなかった。

それでも、せいいっぱい声をはりあげて、

「あ、あのう！」

とんでもなく素《す》っ頓狂《とんきょう》な調子になってしまいながらも言った。

そのとたん、何人もがギョッとしたように手を止め、あるいは口をつぐんで金田一耕助を注視した。その視線がまた、彼をひどくすくませた。

彼らの表情は、何ごとかという驚きが三割、好奇心が二割、そして迷惑そうなしかめっ面が五割というところで、これにはいっそう気後れさせられたが、ここで引き下がるわけにもいかなかった。

「あの、ここからは建物の外に出られるんでしょうか？」

念のために日本語に英語を言い添えてたずねた。どうやら各国混成軍らしい芸人と裏方たちは、ややあって口々に、

「ああ、そうだよ。あっちに行ったら楽屋口《ステージドア》があるよ」

「那辺《ナーピエン》、有後台門《ヨウ・ホウタイメン》」

意外に気さくに答えてくれた。耕助はそのことに勇気づけられて、

「そうですか……では、今から十五分か二十分ぐらいの間に、ステージドアから出入りした人はいますか？」

この質問には何かキナ臭いものを感じたらしく、人々はちょっとざわついた。だがまもなく、

「いや、誰も……今は外に出るような用事もないから、みんな中にいたよな」

「そうさな、ここを通ったといえば、さっき〝紅頭阿三《ホントウ・アサン》〟が入ってきたんで何ごとかとギョッとしたが、あれぐらいかねぇ」

「ホ、紅頭阿三？　な、何のことですか、それは？」

耳慣れぬ単語に、耕助が思わず聞き返すと、

〝Indian policeman, wearing red turban...〟

と説明してくれたものがいて、さっきのあのインド人のお巡りさんかと納得した。その中にあった通り紅頭とは赤のターバン、また阿三は彼らがやたらと Sir! という言葉を使ったことに由来するという。

「あ、それだったら、おれはここから出てくところを見たよ」

「我也是《わたしもです》」

という答えもあり、ここで金田一耕助は考えこんでしまった。

惨劇の場となった打牌室《カードルーム》とロビーの間の出入りは、ほかならぬ自分がずっと見つめていた。唯一のドアは大道寺少尉が入っていってから、インド人警官が飛び出してくるまで閉じられたままだった。

とすると、少尉を殺害し首を切断した犯人は、あらかじめ打牌室にひそんでいたか、休閑室の方からやってきたことになる。帰り道はその逆方向となるわけだが、そのままステージドアから出ていったのは、あのお巡りさんしかいない。

あの紅頭阿三が大道寺少尉を殺したのだとすれば話は別だが、それはいささか考えにくい気がする。とても、そんな人物には見えなかったのだ。

だとすれば、犯人はステージドアの内側にそのままとどまっていたことになる。つまり、今この舞台裏にあって、目前にひしめく種々雑多な人たちの中にまぎれこんでいるということに……。

耕助は、にわかにわき起こった疑惑を胸に、そっと周囲を見回した。

だが、そうだとしても一つ不審なことがあった。あのインド人警官をここの館内に引き入れたのは誰か、ということだ。

誰であれ、あの首なし死体について知るものが、街路に出てお巡りさんを呼んでこなければ、あのように入ってきて惨劇発覚ということにはならないではないか。だとしたら、その人物はいったいどこに消えたというのだろうか。

とはいえ、ここにいる芸人たちやら裏方が重要容疑者——とまでは言わないまでも、事件に重要なかかわりを持つ可能性は捨てきれなかった。

だが、とっさにはどこから切りこんだものか、名前はもちろん何の芸をやるかも知らない状態では、手のつけようがなかった。第一、ここでは日本にいたとき以上に、何の後ろ盾もなく、協力者もいはしないのだ。

（だが、やらなくては……）

金田一耕助が、今の自分の立場も忘れ、久々に〈探偵〉としての顔を取りもどそうとしたときだった。

「あの、あなた」

玲瓏《れいろう》、とでも表現したくなる声を投げかけられ、彼はあわててふりかえった。次いで息をのんだ。

いつのまにか彼の真後ろに、ハッとするような麗人がたたずんでいた。それも、なみなみの美貌《びぼう》ではなかった。

白玉を彫ったかと疑われる、透き通った肌とくっきりした顔立ちをして、桃色の唇はつややかに、つぶらな瞳《ひとみ》は黒曜石に緑閃石《りょくせんせき》をはめこんだかのよう。

舞台衣装であろう、細かく縫い取りのされた丸い帽子をかぶり、肩衣《かたぎぬ》のついたあでやかな衣服を着て、マントのようなものを羽織っている。いかさま架空の国の王女のようないでたちであった。

「いったい、ここで何が起きましたの。そして、あなたさまはいったいどのようなお役目で——」

麗人は、かすかに不思議なアクセントをまじえた日本語で言った。日本語が堪能《たんのう》な外国人なのか、外地にあってそこの言葉になじんだ日本人なのか、とっさには判断がつかなかった。

彼女に関してはっきりしていたのは、撮影所と雑誌社が軒を連ね、さまざまな美女たちを発掘しては、大衆に向けて日々送り出すここ魔都上海においても、めったと出会えなそうな美貌と気品の持ち主だということだった。

「いえ、あの……」

彼は、なぜか後ずさりしながら言った。

「ぼ、ぼ、ぼくは金田一耕助といいまして、私立探偵なんです」

「私家偵探《スージャーヅエンタン》……？」

相手がとまどいながら言ったとき、彼は自分がもはやその名で呼ばれる存在ではないことを、いやおうなく気づかされた。と同時に、再びあの天職につけるならばと、切ないまでに願わずにはいられなかった。

だが、彼のそんな思いは長くは続かなかった。

ふと見ると、さっき後台門《ステージドア》があると告げられた方から、流氓《やくざ》か無頼《ごろつき》かといった派手な身なりに険相そのものの面構えの男たちが、舞台裏の人々を押し分けるようにやってきていた。

居合わせた人間をとっつかまえ、何ごとか詰問しだしたが、その太い指先と鋭い視線ははっきりと金田一に向けられていた。してみると、

——那小子到底是誰《あいつはだれだ》？

とでも言っているのだろうか。

上海は秘密結社・青幇《チンパン》のおひざ元。その首領たちは、今や国民党軍の将軍だの銀行会長だのに任じられ、表の世界でも要職を占める発展ぶりだが、主な資金源はいつに変わらず賭博《とばく》・売春・阿片《アヘン》。それらに加えて娯楽や興行であり、ここ《蓬萊塢《ハリウッド》》がその例外だとはとうてい期待できなかった。

「失礼します！」

そう言い置いて、金田一耕助はもと来た道をもどった。

今度はあのインド人警官と同様、ただし彼とは逆向きに廊下をたどったのだが、やっとさっき休んでいたソファのところまで来たところで、

「你給我站住《ニイゲイウオツアンヅュ》！（止まれ）」

いきなり打牌室《カードルーム》の陰から駆け出してきた制服の男たちに飛びかかられ、取り押えられてしまった。

あっけなく床にへたりこんだところへ、いっせいにピストルを向けられた。彼らは口々に、

「我們是《ウォーメンシー》工部局《コンプーチュー》巡捕房《シュンプーファン》！（われわれは工部局警察だ）」

「別動《ビエトン》！（動くな）」

「挙起手来《チューチー・ショウライ》（手をあげろ）」

そう叫ぶ声に鼓膜をジンジンさせながら、どうやら相当にまずい事態となったのに気づくまで、数秒の時間が必要だった。

つい昔取った何とやらで、探偵としての自分をよみがえらせた結果、警察に取り押えられてしまうとは！　これで部隊にもどれなくなったら、泣いても泣ききれない。

だが、そんな彼をいくぶんかでも安心させたことに、手きびしく投げかけられた中国語とは打って変わって、

「立ちなさい。英語はわかりますか……ふむ、そのようですね」

見上げると、中国人を主とした制服警官たちに立ちまじって、中折れ帽に背広を着こみ、きっちりとネクタイをしめた人物が、彼に話しかけてきていた。

「私は総巡捕房《セントラル・ステーション》のジョゼフ・カートライト主任警部です。これからわが共同租界において定められた法と私に与えられた権限にもとづき、あなたにいくつかの質問を行ないます。むろん、あなたの権利は十分に尊重しますから、心配のないように……」

金田一耕助は、ほうっと長いため息をついた。少なくとも、この人は話がわかると

いう希望が持てたからだ。

かつての貧しいが自由な日々に聞きなれたアメリカ英語ではなく、優美で言葉数の多いキングス・イングリッシュ。それを口にするこの警部は、いかにも堅実で物慣れた紳士で、スコットランド・ヤードにでもいたのではないかと想像された。

その想像の正否はともかくとして、彼らは共同租界の工部局《ミュニシパル・カウンシル》に属する警察官だった。

工部局は、治外法権の租界にとって行政府であり、その意思決定機関である参事会には選挙で選ばれた英・米・日三か国民、のちに中国人を加えた会員が連なっていた。ちなみにフランス租界では同様の機関を公董局《こうとうきょく》と呼んでいた。

職員としてはさらに多国籍の人々が働いており、中でも工部局警察――中国語での正式名称は上海公共租界巡捕房――は、イギリス人の警視総監のもとで英国、インド、中国、日本、白系ロシア、中欧からのユダヤ難民から成る五千人もの警察官を擁していた。

今夜駆けつけたのは、イギリス人の警部を主任とする面々で、彼は租界内にある十二の巡捕房《けいさつしょ》を統括する本部の所属だった。

そのことは、彼らがこの事件になみなみならぬ関心を寄せていることを示していた。

上海陥落と占領以降も、日本軍は二つの租界には表向き手をつけようとしなかった。

だが、一方でとりわけ規制のゆるいフランス租界を中心に抗日運動が激化し、藍衣社《らんいしゃ》、CC団などによる要人暗殺や破壊工作が頻発していた。

レストランや劇場に爆弾が投げこまれ、電柱に生首がいくつもぶら下がる。ピストルではらちがあかないとばかりに、機関銃が当たり前のように駆使されたが、先に国民党軍の誤爆で多大な被害を受けていた租界は、泥沼化する戦局から切り離された安全地帯では、すでになくなっていた。

そこへまたしても起きた惨殺事件。日本人はもちろん親日派も容赦なく標的にしてゆくテロリストたちのことだから、日本軍人とあればそれだけで狙う理由となったのかもしれないが、もしかして大道寺少尉はただの探偵小説好きの士官ではなかったのではないか。

（そう、もしかして……）

金田一耕助が独り考えこんだときだった。荒々しい軍靴の音がフロアに響いて、一群の兵士たちがやってきた。

彼らの制服、とりわけ黒い襟章に震えあがった彼の耳に、ことさら下手にしているのではと疑われるほど生硬な発音の英語が聞こえてきた。

「エクスキューズ・ミー・サー！　アイアム・リュテナント・ホンイデン、アン・オフィサー・オヴ・ジャパニーズ・ミリタリー・ポリス・イン・シャンハイ……」

声の主は、会社で帳簿と算盤《そろばん》を日がな一日いじくっていそうな、やや小柄で眼鏡をかけた憲兵中尉だった。彼はそのあと馬脚をあらわしたというべきか、しだいに流暢《りゅうちょう》な英語になりながら、

「……以上のような次第で、私ども日本憲兵隊上海派遣軍は、貴官ら共同租界《シャンハイ・ミュニシパル・ポリス》警察に対し、そちらにいる金田一耕助二等兵の引き渡しを要求いたします。というのは、当該兵士は脱走兵であり、しかもかねてわれわれがスパイ容疑で内偵中であった大道寺真吾少尉と行動を共にしていたことから考えても、その身柄は当然わが方にあるべきと考えますが――いかがですかな?」

そのとき金田一耕助は、自分をとりまく事態が相当にまずいものから、考えられる限り最悪なものへと転落するのをまざまざと感じたのだった。

＊

共同租界の一角ながら、日本人が多いことから〝日本租界〟のあだ名もある虹口地区、その北四川路《きたしせん》に面してそびえ立つ日本憲兵隊本部――。

鉤《かぎ》の手になった七階建てのビルを買収し、悪名高い〝Kempeitai〟があるじとなったのは第二次上海事変後のことだった。

上海駐留の日本軍といえば海軍特別陸戦隊がもっぱら主役だったが、テロ対策と諜《ちょう》報《ほう》活動のために多数の人員が投入され、市内の要所に憲兵分隊、分遣隊、派遣隊、分駐所が設けられた。

それらを束ねる本部の一室で、金田一耕助はもう何時間も峻烈《しゅんれつ》な取り調べを受けていた。

——貴様が大道寺少尉と《蓬萊塢《ハリウッド》》に向かったのは、どういう目的か？　奴はなぜ貴様などを連れていったりしたのか。貴様は奴からどのような指示を受けていたのか。包み隠さず正直に白状せよ。

「知りません……知りません……」

——大道寺はかねて抗日勢力と通謀し、わが軍の作戦行動を妨害しようとしていた形跡がある。貴様もむろんそのことを知っていたな？　具体的にはどのような挙に出る予定であった？

「知りません……本当に知らないんです……」

取り調べに当たったのは、本位田《ほんいでん》憲兵中尉。共同租界警察のカートライト主任警部に、今の日本軍の圧倒的優位をちらつかせ、まんまと金田一耕助の身柄を確保するのに成功した人物である。

本位田中尉は、あのとき慇懃《いんぎん》さのあわいからのぞかせた冷淡冷酷さを前面に押し出

しながら、

——状況から見て、大道寺少尉を殺害し、その首をいずこかに隠滅しうる人物としてまず指を屈するべきは、凶行現場の扉の前にいた貴様といわねばならない。この点に関して何か反論はあるか？

「と、とんでもない……そんな……そのようなことはありえません……神に誓って……」

——貴様のいう神とは何か。耶蘇《ヤソ》か、それともわが国体にそむく教義のことか？

決めつけられて、耕助が絶句したときだった。

「そうか、だんまりか。それではしかたがないなあ」

本位田中尉は、のどの奥でかすかに笑い声をたてた。かと思えば、ふいに真顔にもどり、取調室の壁際で待機していた部下たちにあごをしゃくってみせた。

次の刹那《せつな》、彼は紙屑《かみくず》のように床にたたきつけられた。間髪をいれず、鉄拳《てっけん》と靴先の制裁が全身を見舞う。

悲鳴を上げる暇もなく、今度はグルグル巻きに縛り上げられ、部屋の梁《はり》から蓑虫《みのむし》よろしくつり下げられてしまった。

カラン！と床に音をたてたのは、憲兵隊と特高名物の鉄芯《てっしん》入りの竹刀だ。ゆっくりと持ち上げられたそれが、取調室の空気を切り、うなりをあげて犠牲者の背中にたたきつけられようとした、そのとき――。

「お待ちなさい」

ふいに扉が開いて、すらりとした人影がこの場にすべりこんできた。黒の背広に黒の帽子をぴたりと着こなした、およそこの場に不似合いな青年紳士だった。

「困りますな、勝手なまねをされては！」

「すぐに出てください、いくら軍の特別顧問といっても……」

「さあ、早く外へ！」

などと制止する声を、紳士はあっさりと無視して、

「本位田中尉、さしでがましいようですが、現在お調べ中の人物については、そのような処遇は必要ないかと思われますな」

「ほう、それはまたなぜ？」

本位田中尉が冷笑まじりに聞き返す。すると紳士は、薄気味悪いほどにこやかな声と口調で、

「さよう、それは……私が、この二等兵殿の人となりと才能をよく存じているからですよ。そうだよね、金田一君！」

（えっ……）

耕助はその言葉に、痛みと恐怖も忘れてわれに返った。自分の顔の向きからは、よ

く見えないその人物の正体を確かめようと、必死に身をよじりながら、

「あなたは……あなたは、もしかして?」

「その通り」

青年紳士は帽子を手に、うやうやしく一礼してみせた。金田一耕助は驚きと歓喜に、全ての苦痛を忘れて叫ばずにはいられなかった——。

「明智《あけち》小五郎《こごろう》……明智さん、あなたなんですね!」

「大阪の鴇屋《ときや》蛟龍堂《こうりゅうどう》の事件以来ですね。どうもお久しぶり、金田一耕助君!」

——それは魔都上海における、二人の探偵の思いがけない邂逅《かいこう》であった。

5

地上七十八メートルの最上階近くから見下ろす外灘《バンド》は、すっかり灰色にくすんでいた。つい数時間前までは、ひっくり返した宝石箱のようだったのに、まるで街全体が夢から覚め、われに返ってしまったかのようだった。

魔都上海がかげろうのように消え失《う》せ、朝の喧騒《けんそう》に包まれるまでの、ほんのわずかな静寂のひとときであった。

そんな中で、街路のあちこちに散在し、せわしなく走り回る数台のトラックが目に

ついた。

（あれは――清掃車かな、さすがに国際都市だけあって行き届いたもんだな）

　金田一耕助が、心の中でそうつぶやいた背後から、

「ああ、あれは工部局のトラックだよ。毎朝ああやって死体を収容して回るんだ。一番多いのは飢え死にした中国人だが、最近はテロの犠牲者が増えて、拾っても拾ってもきりがないそうだ」

　明智小五郎が、シニカルな響きをこめて言った。

　金田一耕助は一瞬絶句したが、ふりむきざま何とか気を取り直しながら、

「そ、そ、それはそれとして……ま、まさか明智さんとこんな異国の地で再会できるとは思いませんでしたよ。しかも、つい何時間か前、黄包車《ワンポーツ》に乗って通り過ぎた建物に事務所を構えておられたとはね。上海にはそれ以前にも？」

「ああ、もう何度かね。初めて渡ったのは大正《たいしょう》の末だったな」

「その帰国後に解決したのが『一寸法師』事件でしたか」

「くわしいね。あのころは書生気分が抜けなくて、気ままなもんだった。そういえば、君は似たような年ごろにはアメリカ留学から帰って、もう探偵事務所を構えてたんだっけ？　うらやましいね」

「いや、あのころのことを言われると恥ずかしいですよ」

金田一耕助は照れくさそうに頭をかき、あらためて室内を見回すと、

「さしずめ、ここは明智探偵事務所上海支局というところですか」

「まあ、それほどのこともないがね」

明智小五郎は薄く微笑した。その唇のはしにかすかに苦いものを浮かべながら、

「おかげさまで——というのも変な話だが、最近ますます軍関係の仕事が増えてね。ことに、ここ上海は各国スパイの巣窟《そうくつ》だというので、暫時ここに滞在して、いろいろとやらされているというわけなんだ」

明智が言った「ここ」とは、ガーデンブリッジの北詰にそびえる、アジア一の高層建築といってさしつかえなさそうなブロードウェイ・マンションだ。

〃煉瓦《れんが》造りのジッグラト〃の異名を生んだ、独特な形をした最上部。そこに近い一室での会話だった。上海憲兵隊の取調室が地獄なら、こちらは天国といってもよかった。

もっとも、今はこの高級マンションも、第二次上海事変のあと欧米人の入居者は銃剣を突きつけて退去させられ、日本人の借り手が大半を占めていた。軍関係のオフィスもその中にふくまれ、いわば地獄の出張所が天国に食いこんでいる形だった。

「すると、今は防諜《ぼうちょう》活動を主に？　すごいなあ、お国のためのお仕事として探偵をやれるなんて」

一見無邪気に、しかしどこか失望を秘めつつほめそやす金田一耕助に、明智は複雑

な表情になりながら、

「いや、それほどでも……僕としては、怪人二十面相君との知恵くらべの方がずっと性にあっていたんだがね」

羽柴《はしば》家秘蔵の、かつてロマノフ王家の宝冠を飾った大金剛石《ダイヤモンド》六顆《か》をめぐっての事件を皮切りとする、この新しい宿敵との戦いは世の、とりわけ子供たちを熱狂させた。だが、それを面白く思わない当局の手で、続いての発表は自粛させられ、二十面相そのものの消息も絶えてしまった。

それは、どうにもあらがいがたい時代の変化だった。

「何しろ、僕の伝記作者である江戸川乱歩《えどがわらんぽ》先生にしてからが、国策や時局にそぐわないという理由で著作は軒並み絶版、新たな原稿依頼もほぼとだえているといったありさまなんだから」

「そんなことになっていましたか……」

金田一耕助は、ため息をついた。

「いやまあ、そんなことより」

明智小五郎は、せき払いすると話題を転じた。金田一耕助のように無残に刈られてしまうこともなかったモジャモジャとした頭髪をかき回しながら、

「ああやって強引に引っ張り出しはしたものの、君の立場が危ういことにはあまり変

わりはない。憲兵隊側としては、大道寺真吾少尉が抗日勢力と通じたスパイであると断じているし、となれば、その彼と行動をともにしていた君をも色眼鏡で見るのは避けられないことだ」

「そ、そんな……」耕助は息をのんだ。「するとぼくもスパイの一味だと？　そもそも、あの大道寺さんがそんな裏切り者だなんて信じられません」

「その点は見解の相違というやつだね。ちなみに僕の見解は、大道寺は一部の過激な勢力によるテロを停止させ、ひいては泥沼化した戦争を終息させようと腐心していたというものだ。だが、これらの行為が祖国に対する裏切り行為かどうかについての、僕自身の見解は差し控えさせていただこう」

「では……《蓬莱塢《ハリウッド》》の打牌室《カードルーム》における大道寺真吾少尉殺害ならびにその頭部切断持ち去り事件についての見解はいかがですか」

訥々《とつとつ》とした口調ながら、金田一耕助はズバリと切りこんだ。

「そう、それは……」

と明智小五郎が言いかけたとき、机上の電話機がけたたましく鳴り始めた。

「はい、明智……やあ、これは蜂屋《はちや》曹長。朝早くからお疲れさまです。本位田中尉殿から、お噂はかねがね……」

彼が口にした名に、金田一耕助はビクッとしないではいられなかった。あやうく鉄《てっ》芯《しん》入りの竹刀《しない》で打たれそうになった記憶は、あまりにも生々しかった。

するると、今の電話の相手も憲兵だろうか。どこの軍でも下士官は組織の中核だが、ことに上海憲兵隊では、市中に潜伏して各国語を習得し、秘密工作を行なうなど第一線に立つのは軍曹・曹長クラスだった。

明智は、金田一耕助の動揺を知ってか知らずか、相変わらずの落ち着き払った調子で言うのだった。

「ほう、見つかりましたか。それはよかった。それで鑑定の結果は……ふむ、そうですか」

明智はそのあとしばらく蜂屋憲兵曹長と話しこんでいたが、やがて受話器を置くと、金田一耕助に向かって言った。

「あの死体は、君と同行した大道寺少尉のものと判明したよ。指紋も血液型も、身体的特徴も何もかもが登録されたものと一致した。きわめつけに首と胴体の切断面もね」

「な、な、何ですって」

金田一耕助は素《す》っ頓狂《とんきょう》な声をあげた。

「首と胴体の切断面ということは、少尉の切り取られた頭部が発見されたんですか。いつ、どこで?」

明智小五郎は耕助の剣幕にとまどったようすだったが、やがて腑《ふ》に落ちたようすで、

「そうか、君はそのときにはもう現場にいなかったんだったね。そりゃ、知らないわけだ。――実は君が憲兵隊に連行されたあとで、大道寺少尉の首が発見されて大騒ぎになったんだよ。何しろ、《蓬萊塢》自慢のショータイムのさなか、満座の観客の目の前に生首が転げ出したんだからね」

「何ですって⁉」

金田一耕助は、同じ言葉を口にしたが、その声は悲鳴にも近いものだった。

＊

――その数時間前、《蓬萊塢《ハリウッド》》の巨大なホールでは、名物のアトラクションがくりひろげられていた。

今宵《こよい》の出し物は「金星魔技団《ジンシン・モージーチュアン》」によるマジックショー。大爵士楽隊《ビッグ・バンド》の演奏につれて、カードが舞い、鳩が飛び、造花が咲き乱れ、水鉢がひょいと袖《そで》の下から現われたかと思えば、客席から金魚が釣り出される。

だが、それぐらいでは喧騒《けんそう》と快楽にひたった客たちの注意を引くことは、なかなか難しい。彼らが待ち望んでいるもの、それは一座の明星《スター》、女王である人物の登場だった。

「待ってました！」
「白雪麗《パイ・シュエリー》！」
“Miss Snow beauty!”
“Снегурочка《スネグーラチカ》!”（雪の精）
“Blanche-Neige Orientale《ブランシュ・ネージュ・オリエンタル》!”（東洋の白雪姫）
——雪麗！　雪麗!!　雪麗!!!

種々雑多な、だがめざすところは同じかけ声が飛ぶ中、エキゾチックな音楽とともに現われたのは、さきほど舞台裏で金田一耕助が対面した美女にほかならなかった。

ステージ中央に進み出た彼女は、万雷の拍手と歓呼の中、軽く小手調べのような奇術を披露し、「好《ハーオ》！」“Brava《ブラーヴァ》!”との賛辞を受けたあと、さてメインの演目にとりかかった。

舞台の中央に押し出されてきた、きらびやかな装飾をほどこしたボックス。ちょうど棺《ひつぎ》を縦置きにしたようなそこに、黒髪をお団子のような双髻《シニヨン》に結った愛らしい姑娘《クーニャン》を呼び寄せ、中に入らせる。

この演目では、姑娘が箱に入ったかと思うと、縦長のそれが、いくつもの立方体に分割されて、助手たちの手でステージ上に並べられる。

ところが、その箱の一つからは腕、別の一つからは脚がのぞいてヒョコヒョコ動き、まるで中の人体もバラバラになったかのよう。

人体切断術――。

てっぺんの一つだけは、別に台に置かれるのだが、白雪麗がサッと、正面向きにつけられたふたを開くと、中には姑娘の生首がほほ笑んでいる。

観客がアッと思った瞬間、舞台上では花火が炸裂《さくれつ》して、予想外の展開となる――はずだった。

だが、箱の中にあったのは、美少女の笑顔ではなかった。青白く、ゴッゴッとした男の首だった。目を閉じ、口をゆがませた醜い肉のかたまりだった。

客席に悲鳴があがったが、そのときはまだ、それも趣向の一つに思えた。だが、箱を支えていた助手の一人が、ウワッと叫び、手を離すにおよんで、恐ろしくも滑稽《こっけい》な光景が展開された。

グラリと傾いた箱から、男の首がこぼれ落ちた。床でポンポンと小さくはずんだあと、コロコロと客席のただ中に転げこんでいった。切り口から赤黒くジクジクとしたものをのぞかせながら――。

このときには、もう首が作りものではなく、本物の人間の頭部であることが明らかになっていた。

あちこちであがる悲鳴、広がるどよめき。なぜか急にケタケタと笑いだした声に、とりつくろうように始まった楽団の演奏まで重なって、とんでもない混沌《カオス》が現出しようとした――その直前。

「大道寺《タータオスー》……軍衛《ジュンシイエン》？」

白雪麗が、確かにそうつぶやくのを何人かが聞いた。

間髪をいれず、ちょうど別件で詰めていた共同租界警察《シャンハイ・ミュニシパル・ポリス》の捜査員が踏みこみ、現場を封鎖した。

当然のように上海憲兵隊との小競り合いが予想されたが、今度は日本側が譲った。もともと憲兵隊側に死体検案の用意があるわけもなく、魔術秀《マジックショー》を血なまぐさいものに変えた頭部は、先に打牌室から発見された胴体とともに、工部局の死体検視所に回された。

《蓬莱塢》の関係者、とりわけ「金星魔技団」に対する尋問が、合同で行なわれたが、租界警察のカートライト主任警部と、本位田憲兵中尉に対し、座長の白雪麗はなめらかな英語でこう答えた。

「あの演目は、実はステージの下にしかけがあって、もともとの床面より一段高くなっているのです。箱に入った女の子は、すぐ底板を開き、そこと偽の床の切り穴を通って下に抜け出し、本物の床との間につくられた空間を腹ばいで移動します。偽の床にはほかにも切り穴があって、その上に分割された箱を置いた次の瞬間、女の子が腕なり脚なりを出して見せます。その結果、まるで本当にバラバラになった人体の各部分が、生きて動いているように見えるのです。

でも、それだけではお客さまに見抜かれてしまう憂いがあるので、一番上の箱だけは床には置かずに宙にささげ持ち、そのふたを開いて、首だけになったところを披露するのですが、これはもちろん作りものです。この偽首はあらかじめ箱の中に仕込まれているのですが、むろんお客さまには見られないようになっています。

それがどうしたことか、本物の男性の首とすりかわっていたのです。もちろん事前に点検はいたしますが、まさか、そんなことになっていようとは……！

あの首の主ですか？　いえ、存じません。お客さまとしておいでになったことはあるかもしれませんが、私はまったくお顔に見覚えはありません……はい、神に誓って！」

カートライト主任警部の制止をふりきった本位田中尉に、生首を目前に突きつけられながら、白雪麗はかたくなに否み続けたのだった……。

6

「まあ、ざっとそのような次第でね」

明智小五郎は、あざやかな手つきで愛用するフィガロを吸いつけると、金田一耕助にもすすめながら言った。

「彼女がどう言おうと、本当に知っていようといまいと、ショーの最中に転げ出した生首が、大道寺真吾少尉のものであったことは、ただちに確認された。憲兵隊の手で、たまたま《蓬萊塢《ハリウッド》》に来ていた彼の顔を知るもの、さらには租界警察の資料によって——だけではなく、この僕の目にもよってね」

「あなたも、大道寺さんをご存じだったんですか？」

金田一耕助は、驚いて訊《き》いた。明智はうなずいて、

「それはもう、大道寺真吾といえば、抗日勢力と内通して、今事変の収拾を画策しているとの重大嫌疑をかけられている人物だからね。かたや、この明智小五郎は、高等遊民でも民間探偵でもなく、正義を愛し悪を憎む子供たちから『先生』とあがめられる存在でもなくなって、今や軍の忠実な犬——当然、彼のことは頭に入っていたさ」

ひどく冷笑的に言った。

「まあ、大道寺やほかの売国奴どもの陰謀が成功していれば、君も戦地に行かなくてもすんだかもしれないわけだが……とにかく彼は殺され、首を切り落とされた。おそらくは君のいた場所とドア一枚隔ててね」

「そういうことになりますね」

耕助は力なく、高級煙草の香りと煙にむせかけながら、答えた。

「このとき打牌室には、すでに殺人者が待ちかまえていたと考えるのが、妥当だろう。で、彼もしくは彼女はどうしたか」

「彼もしくは彼女——ですか」

耕助は口をはさんだ。〝彼〟と限定しなかったところに、妙な言葉の引っかかりがあった。

「まあ、念のためさ。とにかく、殺人者は手早く大道寺少尉を殺害後、切り落とした首を引っさげて脱出したわけだが、君の証言を信じる限り、そいつはそのまま休閑室《ラウンジング・ルーム》から舞台裏に抜けたとしか考えられない。そして、楽屋口《ステージドア》から外へ逃げ去った、と」

明智の言葉が終わるか終わらないかのうちに、金田一耕助は口を開いた。

「ちょっと待ってください、明智さん。ぼくがあのとき聞きこんだのでは、楽屋口を出入りしたものは、ぼくと鉢合わせしたインド人の警官だけのはずです」

「そのことも聞いている。その警官はラジャクマール・シン巡査といって、勤続十五年のごく信頼のおける人物だ。君のこともはっきり証言していたよ。問題は、君の聞いた証言が正しいということになれば、犯人は舞台裏にとどまったことになってしまうということだよ」

「あっ……」

金田一耕助は声をあげた。

「ということは、あそこにいた美人さんとその仲間の中に、犯人が……？」

「白雪麗嬢《はくせつれい》のことかね。少なくとも、憲兵隊ではその可能性を重視しているようだね。そして、大道寺少尉とどういう関係にあったか、いや、関係があったことにしたいのかもしれない」

「何のためにです」

「たぶん、白雪麗と彼女の一座を捕まえて、締め上げる口実をつくるために。一流マジシャンとして各国の著名人やジャーナリストとも親しい彼女は、わが方にとってまことに不都合な存在だった。弱みでも握って広告塔兼スパイとして、引きこめればよかったんだろうがね。だが、あの手この手を使ってなだめすかしても承知しなかった。それどころか、雪麗は……まあ、そんなことはいい」

明智は言葉を濁したが、耕助には聞き捨てにできなかった。

「じゃあ、今度は彼女や、その仲間の人たちがぼくみたいな目に？」

「運が悪ければね。だからといって、君に何ができるというのかね」

明智の言葉に、金田一耕助は、冷や水を浴びせられた気分になった。しばらく押し黙ったあと、ふいに顔を上げると、

「……あれは、いったい何だったんでしょうか」

「何のことかね」

明智小五郎は眉《まゆ》をひそめた。

「大道寺少尉は何のためにあんなことをしたんでしょう。わざわざドアを開けて、そこから顔をのぞかせたりして」

「ああ、何だかそんな話だったね」

「あのときの少尉は、いかにもようすが変でした。顔色も表情も……それに、まるで床にかがみこんでいるように見えましたが、あれはいったい何だったのかと」

明智小五郎は「なるほどね」と、フィガロの灰を落としながら、

「人間の首というのは、意外に重いものだからね。それにつかみどころがないものだから、そんなに高々とはかかげられなかったのだろう」

「えっ、じゃあ……」

金田一耕助は絶句した。そのあと一語ずつ刻むように、

「そ、それじゃ、あのとき、すでに、大道寺、少尉は、殺されていて……ぼくは、命の絶えた、生首を、見ていた——と？」

「あくまで、一つの可能性としてね」

「で、でも、いったい何のためにそんなことを？」

耕助の疑問に、明智はかすかに首をふりながら、

「さあ、そこまではまだわからない」

「……考えられるのは、実際より犯行時刻が遅かったかのように錯覚させるため。でも、そんなことをしても、大して状況は変わらないのだし、なぜぼくに見せつける必要があったのか」

独りブツブツとつぶやき始めた金田一耕助に、明智小五郎はおっかぶせるように、

「さて……そんなことより、今の君にはしなくちゃならないことがあるんじゃないかい。何をって帰り支度だよ。そろそろ患者は病院にもどった方がいい。門限破りをこれ以上、重ねないうちにね」

「あっ……」

二杯目の冷や水だった。

彼と同じ探偵である自分はあとかたもなく消え失《う》せて、しがない陸軍二等兵に返らねばならないときがきた。そのことを痛烈に思い知らされた。

だが、何といって病院にもどればいいのか。ある程度覚悟してきたことではあったが、病院抜け出しのそもそもの〝主犯〟であった大道寺少尉があんなことになったからには、申し開きのしようがなかった。

だが、しかたがない……そう覚悟を決めた耕助の内心を見すかしたように、

「だいじょうぶだよ、金田一君」

明智小五郎は、にこやかに言った。

「昨夜《ゆうべ》の件は、僕が話を通しておく。何ごともなかったかのように、ベッドにもぐりこめばいい。ただし、朝の点呼までにね。さ、急いだ急いだ！」

「わ、わかりました」

「うむ。マンションの裏に、韋駄天《いだてん》が自慢のタクシーを呼んである。それと、いま着てる服は、ここへ置いていきたまえ」

「え、脱ぐんですか。でも、そのあとこの服はどうしたら……」

耕助は、とまどい顔で言った。

「それは、大道寺少尉からの借り物だろう。だったら、もう返しようがないじゃないか。さあ脱いだ脱いだ。かわりにこれを着るといい。そうして、病院出入りの商人か雑役夫みたいな顔で入りこむんだよ」

そう言って、明智小五郎が手渡したのは、いささか古風な中国服の上下とお椀《わん》形の帽子だった。

「どうせ、ふだんの服は出るときどこかに隠したんだろう？　朝っぱらからそこまで取りに行くのに、この格好の方が目立たないんじゃないかね」

ますますとまどって、目をしばたたかせる耕助に、明智は言った。

「それもそうですね」

と納得し、金田一耕助は、一夜の冒険の名残といえなくもない背広とズボンその他を脱ぎ捨てた。

「ふむ、なかなか似合うじゃないか。何だったら、この天神ひげもつけるかい？」

「い、いや、そこまではけっこうです」

金田一耕助は、それだけは丁重に辞退したのだった。

7

――その日、磯貝モヨ子は宵番《よいばん》勤務だった。

毎日午後八時、第一区に属する四つの病棟のそれぞれを、赤いタスキをかけた日直の軍医士官が下士官を従えて、点呼して回る。

廊下は大理石張りで、軍長靴の音がよく響く。その音に緊張を高めながら一階の中央にある診断室兼処置室の前に並び、やがて靴音がピタリとやむのを合図に、患者の収容状況についての確認が始まる。

病室の室長をつとめる下士官の報告があって、そのあとモヨ子の番となった。上半身をグイッと四十五度に折り曲げ、視線は三尺向こうの床に向けながら、

「第一病棟、患者総員九十二名、担送七名、護送二十四名、独歩六十一名。一報患者二名は、ともに異状なし!」

ぶじに報告を終え、直立不動の姿勢にもどったときには、肺にたっぷりと酸素を充《じゅう》塡《てん》したくなった。

ほっとする暇もなく、午前一時まで、たった一人での勤務が始まるのだが、その前に婦長の「第四の宵番さんに、この書類を届けてちょうだい」との命令で、持ち場をあとにした。

第四病棟ではちょうど、さきほどの赤ダスキの当番士官たちによる点呼が行なわれているところだった。まだ巡回が完了していないところへ先回りしてしまったらしい。あわてて壁の陰に隠れたが、そのとき聞き覚えのある、やや裏返り気味の声でなされた、

「第四病棟、本日、独歩患者一名追加あり。よって総員九十二名、担送七名、護送二十四名……」

という報告に、あれっと思った。何度も頭にたたきこんだ、自分が担当する第一病棟の数字と、ピタリと一致していたからだ。

各病棟の収容人数にそれほど極端な差はないし、患者はしじゅう出入りのあるものだから、たまたまそうなるのもありえないことではない。

ただ、それにしては変なことがあった。この前の勤務の際、たまたま書類に目を通したときにも、やっぱり第四病棟の総員は九十二名だった。つまり、このときもモヨ子の持ち場と同じ数字だったのだ。

そのとき、面白い偶然もあるものだなと思い、それきり忘れていたが、なのに「一名追加あり」で数字が変わらないというのは、どういうことか。幸いなことに、第一区ではここしばらく死者が出ていない。

ということは、退院か転院でもあったのだろうか――などと、ぼんやり考えるうち、カツーンカツーンという靴音が間近に迫ってきた。

思わずビクッとしながら、深々と頭を下げた。そのまま何ということなく、士官と下士官は目の前を通り過ぎていった。

ほっと胸をなでおろしながら、モヨ子は第四病棟の宵番看護婦に歩み寄った。婦長からのことづかりものを渡したあとで、

「ねえ、おフミちゃん。第四の方で何か人数の変動でもあったの?」

と問いかけた。おフミちゃんこと志賀《しが》フミ子《こ》とは、ここへ来るとき同じ船に揺られ、トラックで運ばれてきた仲なので心安かった。

「え……何のこと?」

とまどうフミ子に、磯貝モヨ子は自分の担当する第一病棟と患者の数字が一致した

ことを話した。にもかかわらず、追加の入院患者がいるということも。

「うん、何や知らんけど、そういうことらしいよ」

大阪の日赤病院から派遣されたフミ子は、上方なまりをのぞかせながら言葉を濁した。

そう言われては、重ねて訊《き》くこともできなかったが、いつも陽気でおしゃべりな彼女らしくもなく、そらぞらしい言い方だったのが気になった。

「……あ、そういえば、大道寺少尉殿って、フミちゃんとこの受け持ちじゃなかったっけ」

ふと思い出したことがあって、モヨ子は何気なく訊いてみた。そのことに、別に他意はなかった。

彼女の受け持ち患者の一人で、あの何となく風変わりな金田一耕助という二等兵。彼から、こんなことを頼まれたことを思い出したのだ。

――ね、君。ダイドージって名字の人って、ここにいる？　下の名前はS、つまりサシスセソで始まるんだけど、調べてもらえないかな。実は、その人の持ち物らしきものを拾ったんだけど……。

そうたずねられて、「それなら、私が預かってお渡ししておきます」と言ったのに、

――いや、どうしても本人にぼくの手で渡したいんだよ。調べてくれないか、頼

む！

と懇願され、つい「第四病棟の士官用の病室ですよ」と教えてやった。

それきり忘れていたのだが、このところ金田一二等兵のようすがますます変で、何かひどく考えこんで、ミッシツがどうのトリックがこうのと、モヨ子が聞いたこともないような単語をブツブツつぶやいている。

しかもこの男、二、三日前には無断外泊したという噂があるにもかかわらず、特におとがめもないままですんでしまっている。

それやこれやで、何となく大道寺少尉の名前を口にしただけのことだった。なのに志賀フミ子はたちまち真っ青になって、

「あんた、何ちゅう名前を口にするの！　ほかの人に聞かれたらえらいことになるねんで」

押し殺した声で、まくしたてるように言った。モヨ子はびっくりしてしまって、

「いや、前にその人の名前を聞いたことがあって……どうかしたの？」

その言葉に、志賀フミ子はいくぶん安堵《あんど》したようすを見せたが、それでもひどく用心深そうにあたりを見回しながら、

「あんな、ウチもようは知らんのやけど、大道寺少尉殿は何ややこしいことになってて、もう法眼《こ》部隊《こ》にはいてはらへんし、それどころか最初から入院してへんかった

ことにするんやて！」

「えっ、何でまたそんな……」

「そんなもこんなも、上が決めはったことやからしょうがないやん。とにかく、そういうことやから、その名前はもう口にしたらあかんの。ウチもあんたもな！」

「う、うん……」

フミ子の語気に押しまくられ、さらには彼女の恐怖が伝染した形で、モヨ子はうなずかないわけにはいかなかった。

彼女らの身分は、陸軍の軍属。軍隊という世界にはりめぐらされた暗黙の掟《おきて》、底知れない闇みたいなものがあることは十分に承知している。

だから、名のみ知る大道寺真吾という少尉のことは、すっぱりと頭の外に追い出すことにした。

だが、それでも脳裏にへばりついて離れない人物が一人いた。風采《ふうさい》の上がらない一兵卒の彼が、そんな恐ろしげな秘密とかかわっているとは思えなかったが、であればこそ不安と興味はつきなかった。

（金田一耕助……あの人、いったい何をやらかしたのかしら？　いよいよわからなくなってきたわ。あの自称探偵さんがそもそも何者なのか……）

そうつぶやかずにはいられない、モヨ子であった。

考えながら、第一病棟に向け、モヨ子がきびすを返したときだった。ちょうど角を曲がってきた一人の軍人と、勢いよくぶつかってしまった。

「も……申し訳ありません！」

あわてて飛びのき、さっきよりずっと深々と体を折り曲げた。

「いや、かまわんよ、お嬢さん」

ひどくかすれた声だったが、口調はおだやかだった。そのことに安堵しながら、おそるおそる顔を上げてハッとした。

ふつうの娘なら悲鳴をあげていたかもしれない。あげなくても、驚きや恐れを顔に出してしまうことは避けられなかったろう。

だが、モヨ子は職業的な訓練から、そうなるのを必死に押しとどめた。

――顔中を包帯でおおった男だった。血のにじんだ白い布の下からは、目と鼻、それに口がのぞいているだけで、まるで人相が判別できない。

後頭部からは、豊かな黒髪がはみ出していて、それも軍人らしくない気がした。このようすだと、顔にどれだけのけがを負っているのか。想像するだに気の毒だったが、実はそれほどでもないのではという職業的直感もあった。

「あ、蜂屋曹長殿――」

志賀フミ子が駆けつけてきて言った。

「病室でしたら、ウチ……いえ、ワタクシがご案内いたします！」

「いや、けっこう」

蜂屋曹長と呼ばれた、ミイラ男もどきの顔面をした人物は、フミ子の申し出をあっさり断わると、傷病兵とは思えない足取りで歩み去ってしまった。

あっけにとられて、その後ろ姿を見送ったあと、モヨ子はそっと口を開いた。

「新規の独歩患者って、ひょっとしてあの人のこと？」

「ああ、うん……そうやねんけど」

志賀フミ子はぼんやりと答えたあと、急に畏《おそ》れと好奇心がごちゃまぜになった表情でモヨ子を見つめると、

「あんな、絶対にほかの人に言うたらアカンけど、今の人、憲兵さんなんやて！　そやさかい何ぞ秘密のお仕事で入院しはったんで、あの包帯はそのための変装かもしれへん……くれぐれも口外禁止やで、モヨ子ちゃん！」

早口のささやき声で言った。秘密を抱えきれずに、ついしゃべってしまったのだろうが、そんなものの片棒をかつがされたモヨ子も災難だった。

（そんな、顔を隠して隠密《おんみつ》捜査だなんて、小説の中の名探偵じゃあるまいし……）

心の中でつぶやいたところで、ふとまた思い出した。もう一人の、本の外にいる自称探偵のことを……。

8

その翌日は、久しぶりの休日だった。

宵番の勤務は午前一時まで。たった一人で病室の巡視をし、百人近い兵たちの容態を見守ったあと、看護日誌をつけてぐっすりと眠った。

朝八時に本部前に向かうと、モヨ子と同様、前日までに外出届を出していた看護婦や衛生兵たちが詰めかけていて、毎度毎度聞かされる注意事項を神妙な顔で拝聴する。

「必ず複数人数で行動し、単独行動は厳禁たること、重々肝に銘じてもらいたい」

「外出中は必ず制服着用のこと。下にこっそり私服を着るとか、出先で着がえたりすることのないように！」

「昨今ますます治安悪化し、日本人を標的とした不逞《ふてい》行為相次ぐをもって、〝日本人租界〟より出てはならない。さらに……」

などといった訓示のあと、服装検査があって、二列縦隊で営門を出る。あとはグループに分かれて、それぞれの目的地に向かう。呉淞《ウースン》路、北四川路などが主だが、こっそりと日本軍の勢力下にない一帯に出る心臓の強いのもいた。

交通機関はバスのほかに、陸軍のトラックなら手をあげれば気軽に乗せてくれた。

この日、モヨ子が利用したのもそれで、兵隊さんたちに荷台へ引っ張り上げてもらい、繁華街をめざした。

（さて、今日はどこへ行こうか）

乍浦路《さほろ》のウキルス劇場――威利大戯院や、海寧路《かいねいろ》のリッツ劇場で洋画を観て、ごひいきのしゃれた喫茶店で、ロシア人の主人自慢のコーヒーを飲み、ケーキを食べ……

そして、忘れてはならないのが買い物だ。

宿舎の中ぐらいしか着る場所はないのに、洋服や靴をつい買いこんでしまう。しだいに不自由になってゆく内地に比べれば、ここには何でもあった。自分のものだけでなく、頼まれた買い物リストを握りしめてお店をめぐると、帰営時間の七時はまたたくまにやってくる。

時間をより有効に使うため、同乗の仲間と互いの計画を話し合ったりしながら、軍用トラックにゆられていった。

ふと会話がとぎれた合間に、走り去る街路の風景をながめる。重い責任と規則規則の日々から解放された気分は格別で、ほおをなでる風もひときわ心地よかった。

と、そんなさなかのことだった。

一台の黒ぬりの乗用車が、こちらとは打って変わった軽やかなエンジン音をたてながら、モヨ子たちのトラックの真横につけ、すぐに追い抜いていった。

何気なくその車影を目で追ったモヨ子は、一瞬わが目を疑った。前も後ろも洋服や中国服の男たちで座席が埋められた中で、後部シートの真ん中にきゅうくつそうに座っている男――。

「あれは、金田一さん！」

彼女はもう少しで、声をあげるところだった。そう、あれは確かに金田一耕助だった。だが、第一病棟の大部屋にいるはずの彼が、どうしてここに？

だが、そう思って目をこらし、身を乗り出そうとしたとき、黒い乗用車はぐんぐんとスピードを上げ、みるみるトラックを追い抜いたかと思うと、道の分岐点でツイとわき道にそれてしまった。

い、今のはいったい――？　そう思ったときには、もう車も、その中にただごとでないようすで押しこめられた金田一耕助も、彼女の視野から消え失《う》せていた。

そう、まるで魔術にでもかかったように……。

＊

――金田一耕助にしてみれば、それは魔術というより詐術だった。

いつもそうしているように、独り朝の散歩を楽しんでいたとき、院内の庭に中国服や作業着を着た男たちがいて、何やらいそがしく立ち働いているのに気づいた。

現地雇いの雑役夫か、それとも出入りの商人たちでもあろうか。

こんなに早くから庭の清掃か、それとも荷運びでもしているのかとぼんやり見つめるうち、男たちは列をなして庭を横切り始めた。

ザッ、ザッ、ザッ、ザッ……靴音をたててこちらにやってくる。みるみる自分に近づいてきた彼らに、何となく不審を覚えつつ、少し脇へのいてやりすごそうとした、そのときだった。

男たちの足が、音もなく大地をけり、雲霞《うんか》のごとく耕助に押し寄せた。アッと思って逃れようとしたときにはもう遅く、すきまなく彼らにとりかこまれた。

いっせいに突き出された腕が、金田一耕助の体をとらえ、うち一人の手のひらが口を押えたかと思うと、別の手が頭から袋のようなものをかぶせた。

そのせいで視界がふさがれるのと、背後から手刀が首筋めがけて振り下ろされるのが、ほぼ同時だった。

急激に意識が遠ざかる中で、金田一耕助はおのが体がフワリと宙に浮くのを感じた。そして、思い出さずにはいられなかった。あの朝、ブロードウェイ・マンションを発《た》つとき、明智小五郎のすすめで変装したのが、まさに彼らのような中国人だったことを。

と同時に、気づかされもしたのだった――彼らのような姿を装うことは、陸軍病院《こ》《こ》

に舞いもどるときだけではなく、誰かを連れ去るときにも目くらましとして有効だということを。

――気がつくと、金田一耕助は倉庫のような場所にいた。

どうやら椅子に腰かけているらしい。いや、正確には腰かけさせられている、というべきかもしれない。というのは、彼の腕はひじ掛け、胴は背もたれ、脛《すね》は脚部にくくりつけられ、身動き一つできなかったからだ。

おまけに口にはさるぐつわ。自由にできるのは、眼球の動きぐらいというありさまだった。

（こ、これはいったい……）

耕助はゴトゴトと眼窩《がんか》の中で目をうごめかした。

薄明るい中に、まだボーッとした視線を投げかけて見えてきたのは、雑然とさまざまな荷物やらガラクタが山積みになった光景であった。

もとより初めて来た場所だった。にもかかわらず、なぜだか見覚えがある気がしてならなかった。

派手な飾りをほどこした大きな箱がいくつもあるかと思えば、ハリボテらしき巨大なボールが転がっている。あちらに何本となく立てられているのは、ピカピカ光る、だが明らかに作り物とわかる刀剣、こちらには人が楽々くぐれそうな輪っかなどなど、およそ実用にはなりそうにない品物ばかりだった。

そのうちにハッと気づいた。

（これは……《蓬莱塢《ハリウッド》》の楽屋裏にあったものばかりじゃないか！）

いったいどういうことだ？　ということは、ここは明智さんが言っていた白雪麗の奇術一座の荷物置き場か何かか――そう思って、窮屈な視線をあちこちに振り向けると、サテンらしきキラキラとした布に縫いつけられた文字が目に入った。

「金、星、魔、技、団……？」

そう不自由な口でつぶやいたとき、まるでそれが合図であったかのように、荷物や大道具小道具の陰からニューッとのびあがり、ゾロゾロとこちらに向かって歩いてくる影たちがあった。

「！」

名状しがたい恐怖が、金田一耕助の心臓を突き上げた。無駄とは知りつつ、体をゆさぶり、いましめの縄にあらがって、何とかこの場を逃れようとした。

その努力もむなしく、おそるおそる視線をもたげたときには、周囲をズラリと異様な男女にとりかこまれていた。

中国人らしき顔もあれば、白人も黒人も、南方系らしき風貌《ふうぼう》の持ち主もおり、舞台化粧そのままな道化面もあった。服装も東西とりどりで、あのショーの表と裏がごちゃまぜになったかのよう。

（あのとき舞台裏で見た人たちか……）

耕助は記憶をたどったが、彼らの表情はどれもけわしく、敵意に満ちていて、あのときとは大違いだった。

やがて、そのうちの一人、いかにも〝大人《ターレン》〟といった風格の中国服の男がズイッと歩み寄ると、さるぐつわを取り去った。

「あ、あ、あんたたちは、い、い、いったい……？」

耕助が、か細い声で言いかけたのを〝大人〟はさえぎるようにして、

「お前が知っていることを全部、話せ。そしてわれわれの白雪麗嬢を返すのだ。彼女はお前の証言のせいで逮捕されたのだから」

本当は日本人かと思われるような、よどみなく正確な発音の日本語で言った。

「え、そんな……」

「そんなもこんなもない。白雪麗嬢の身柄は、まだ租界警察にある。だが、彼女が日本の軍人殺害に加担したと確定すれば、憲兵隊への引き渡しは避けられまい。何があっても独立自治――といっても、この国の民から奪い取ったものだが――を保っていた昔では、もうないのだから。

となれば、雪麗嬢はもとよりわれわれも無事ではいられまい。お前が《蓬萊塢》の打牌室《カードルーム》に大道寺少尉が入っていったほかには、怪しい人物の出入りはなかったと証言し続ける限りはな。日本軍とすれば、一個人としての良心からひそかに非戦工作を行なっていた大道寺少尉とわれわれを結びつけ、締め上げる口実さえ手に入れられればいいのだからな。そうなるもならぬも、お前の口一つにかかっているのだ。――どうだ、真実を述べる気になったか」

「い、いや、何と言われても、ぼくはただ自分の見たままを……」

「やれ」

低く鋭い一言に、金田一耕助の訴えは押しつぶされた。とっさには継ぐ言葉もない彼の耳に、ガラゴロ、ガラゴロ……と低く重い響きが聞こえてきた。

耕助を囲んでいたうちの何人かが、音のする方に走り、やがて何とも異様なものを寄ってたかって押しながらもどってきた。

台車に載せられたそれは、高さ五尺、幅と奥行き二尺ほどのガラス箱で、鉄枠をはめていかにも頑丈そうな中に、なみなみと水がたたえられていた。

いったいこれは？　といぶかる暇もなく、金田一耕助は椅子のいましめから解き放たれた。と思ったら、えらい力で両腕を後ろにねじ曲げられ、手錠をかけられた。ズルズルと椅子から引きずりおろされ、冷たい床に押えつけられている間に、足首に何かがはめられるのを感じた、無理に体をひねって見ると、それは何と巨大な足枷《あしかせ》だった。

男たちは慣れた手つきで足枷にうがたれた穴にワイヤーを通し、それを天井から垂れてきたフックにつないだ。

「上げろ」

〝大人〟の簡潔きわまりない指示で、刃形開閉器《ナイフ・スイッチ》が入れられる。と同時に、どこかからモーターのうなりがして、金田一耕助は強い力で空中高く逆さ吊《づ》りにされてしまった。

たちまち逆立つ髪の毛、頭に血が一気に流れこむ不快な感覚。それらに驚きかつ苦しみながら、耕助は自分の真下に波立つ水面があるのを見た。

「下ろせ」

三たびの指示を受けて、今度はワイヤーが下がり始めた。ゆっくりと、だが確実に間近に迫る水面。このとき初めて、金田一耕助は自分がどんな目にあわされようとしているかを知った。

中国の水牢《チャイニーズ・ウォーター・トーチュア・セル》！　アメリカの魔術師ハリー・フーディーニが創始した決死の脱出芸だ。

演者は手錠ばかりか拘束衣を着せられて、ガラス張りの水槽に頭から突っこまれる。

足首から先を除く全身が水没し、足枷がそのままふたとなって水槽が密閉されたところで、まわりにカーテンを下ろす。

そして、ころあいを見計らってカーテンを取り去ると——絶対に脱出不可能なはずの密閉空間から、演者はみごとに脱出。拍手喝采《かっさい》となるわけだ。

だが、金田一耕助にそんな技術があるわけもなく、脱出のトリックだってとっさには思いつくわけはない。ワイヤーは確実にくり出され、まずは頭のてっぺん、次いで額や目のあたりまでが水にひたり始める中で、ひたすら身もだえし、声をふりしぼって哀願するほかなかった。

「ま、ま、待ってください。あなたがたはとんでもない勘違いをしている。ぼ、ぼ、ぼくは見たことを、は、話したままでです。ほ、ほんとです。うそなんか絶対……」

そのあとが、わけのわからない水泡のはじける音になったのは、ついに口までが水につかってしまったからだ。そればかりか、鼻の穴から水が流れこんだせいで、激しくせきこまなくてはならなかった。

「どうだ。これでもまだ話す気にならないか。あの晩、お前は何を見たのか。あそこで、いったい何があったのかを!」

「そ、そ、それなら!」

金田一耕助はエビのように身をよじり、必死に口を水面から出しながら叫んだ。

「あそこで、何が、あったのかと、いうのなら……ぼっ、ぼ、ぼくに考えがあります！」

そのあと、また激しいせきに加えて、嘔吐《おうと》さえもよおした。

〝大人〟は彼の訴えが聞こえたのか聞こえないのか、冷ややかに断末魔寸前の苦悶《くもん》をながめていた。と、そのときだった。

「待った！」

金田一耕助は薄れゆく意識の中で、誰かがそう叫ぶのを聞き、彼の処刑を見守る人々がいっせいに同じ方向にふりむくのを見た。

彼らの視線の先、倉庫の一隅にいつのまにか立っていた逆さまの人影。それは誰かといえば——？

「……上げてやれ」

ひどく長く感じられる間を置いてから、〝大人〟が手を振った。だが、そのとき金田一耕助はすでに気を失っていた。

9

「……いきなりお邪魔して申し訳ないが、諸君にとっては、一座の女王、否むしろプリンセスたる白雪麗嬢のことが案じられてならないところだろうから、失礼ながら勝手に入らせていただいた次第だ。それに、そちらの友人・金田一耕助君のことも捨てておけなかったのでね」

「金星魔技団」一座の主役を除く人々が集まった倉庫に、忽然《こつぜん》と現われたその人影は、大胆にも微笑をたたえながら言った。もっとも、その笑顔にはどこかしら薄気味悪いものがあった。

「おっと、自己紹介を忘れていたね。我叫明智小五郎《ウオヂヤオ・ミンヅーシヤオウーラン》、職業是私家偵探《ヅーイエシー・スージヤーヅエンタン》――以後、お見知りおきを。

　さて、これからお話しするのは、白雪麗嬢が拘引され、租界警察と憲兵隊の間での綱引きの対象となさしめた大道寺少尉殺しの真相についてです。一見不可能にして不可解きわまりなく、『出入口のない部屋』――金田一君ら若い人たちは『密室』とかいうらしいが――の犯罪かとも思われたあの事件は、実に、あっけないほど単純なものでしたよ。

　諸君の方がよほどご承知と思うが、ここ上海の共同租界ではパトロールや交通整理など、警察の第一線業務は、英領インドからやってきたインド人警官にゆだねられている。この殺人事件でも、最初にその発生を確認したのは、外部から駆けつけた〝紅《ホン》頭阿三《トウ・アサン》〟だった。

大道寺少尉が打牌室に入ってからその死が発覚するまで、現場に出入りした唯一の人物であることは、ほぼまちがいのない事実だ。では、彼——ラジャクマール・シン巡査が犯人かといえば、それはおよそありそうにない。彼は所轄警察署での勤務も長く、きわめて信頼に足る人物で、日本の陸軍士官を手にかけるような背後関係は全くなかった。

あのときの状況をおさらいしてみると、ラジャクマール巡査は、外で警邏《けいら》中に通報を受けて楽屋口から《蓬莱塢《ハリウッド》》に入り、打牌室で首なし死体を発見した。この直後にドアを開いて金田一耕助君と対面している。そして、今度は廊下を通って再び舞台裏を抜けて応援を頼みに行った。

金田一耕助君が、賢明にもその直後に『金星魔技団』のみなさんに聞き取り調査をしてくれたところでは、ラジャクマール巡査が駆けつけたところを関係者の一人が目撃し、折り返し出ていったところを二人が目撃していた。

さて、ここで二つばかり疑問が生じる。一つめは、いったい誰がラジャクマール巡査に事件発生を通報したかだ。そしてもう一つ、出てゆくところを見たという二つの証言は、同じときのものだったかということだ。彼ら——ああ、あなたたちでしたか——が見た三人のラジャクマール巡査は、全員本物の彼であったか。もしや、その中に一人偽者がまじっていたのではあるまいか。

みなさんには釈迦《しゃか》に説法だろうが、この街の印度巡捕《インドウ・シュンプー》はほぼ全員シーク教徒で、そのしるしである赤いターバンを頭に巻き、顔じゅうにひげを生やしている。変装するのに、これほど好適な存在はまたとあるものではなく、犯人はまさにこの点を利用したのだ。

結論を急ぐとしようか。犯人はあらかじめ打牌室にひそみ、大道寺少尉を待ちかまえていた。このとき彼は休閑室《ラウンジング・ルーム》の便所を利用するなどして、赤いターバンにひげのインド人巡査になりすましていた。そして、約束の刻限にやってきた大道寺少尉を、出合いがしらか二言三言口を利いたところで殺害、首を切断した。さらには、彼がまだ生きているかのように装い、発覚を少しでも遅らせるために、生首をドアのすきまからのぞかせた。

そのあと首から下を現場に残し、頭部は何かに包んで、楽屋裏を通過する際、奇術の道具の中に隠した。これは、よりおのがテロ行為を喧伝《けんでん》するための手口で、藍衣社やCC団に対抗して『76号』のような団体も大活躍している昨今、なまなかなことでは衆目を集められないからね……」

76号とは、共同租界滬西《こせい》の極司非爾路《ジエスフィールド・ロード》七十六号に設けられた中国国民党中央執行委員会特務委員会特工総部——親日派の汪兆銘《おうちょうめい》政権の成立とともに、日本軍の後押しで設けられたテロ組織の通称である。

明智は、自分がそこに関与しているかどうかについては言及を避けながら、

「こうして《蓬萊塢》での工作を終えた犯人は、インド人巡査の変装のまま楽屋口から外へ出、物陰で急いでふつうの服装にもどり、外にいた本物のラジャクマール巡査に事件を通報し、雑踏の中に消えていった。

一方、職務に忠実なラジャクマール巡査は、楽屋口から舞台裏を抜けて休閑室に入り、死体を発見し、金田一耕助君と遭遇し、再び舞台裏から楽屋口へ。このときの目撃証言が、偽巡査すなわち殺人者の脱出時のそれと重ね合わされてしまったのが、奇妙な状況を生んだだけのこと。

僕に述べられるのはここまでです。いかがです、おわかりかな諸君？」

明智小五郎は、ややおどけた口調と表情で推理をしめくくった。

そのとたん、それまで聴き入っていた〝大人〟をはじめとする一座のものたちがドッとばかりに彼を取り囲んで、

「じゃあ、ミス白《ホワイト》は事件に全く無関係なんですね？」

「先生《シエンション》がこのことを警察に話せば、雪麗さんは帰ってこられるの？」

などと問い詰め、明智がそれにいちいちうなずき返した——そのときだった。

「明智さん、それは違う！」

息も荒く、声もかすれ気味ながら、倉庫じゅうに鳴り響いた声があった。

「金田一君！」

人々がいっせいにそちらに首をねじ曲げたとき、彼らの誰よりも大きな声で叫んだものがあった。明智小五郎だった。だが、その呼びかけには、みじんもひるむことなく、

「ぼくには、今やはっきりわかりました。あの晩、自分の間近で起きたことは何だったのかを。さっきの、日本式に言うなら〝水雑炊の馳走《ちそう》〟が効いたのなら、とんだ怪我の功名ですが、明智さんの推理を聞いたあとではなおさら黙っていられません。それをみなさんに聞いてもらいたいんです」

金田一耕助は、まだひどく疲弊した状態ながら、気力だけは貧相な体にみなぎらせて言った。

「金田一君、やめろ……やめるんだ」

明智小五郎が、うめくように言った。

「やめません」

金田一耕助はきっぱりと言った。

「頼むからやめてくれ、君は何もわかっ……」

なおも彼を止めようとする明智の言葉が、ふいにとぎれた。耕助は、そちらさえかえりみずに続けた。

「ぼくの推理を最後まで聞いて、明智さんのそれとどちらを取るかは、みなさんの判断におまかせします。そのことを前提にお話ししますが、ぼく——金田一耕助が考え、そして確信するあの夜のできごとはこうです。

大道寺真吾少尉に連れられて上海の夜にくり出し、《蓬萊塢》で久方ぶりの酒に酔ったぼくは、ロビーのソファにへたりこんでいました。いま思えば、このことからしてぼくの意思ではなく、何者か——おそらくは大道寺少尉と、彼に頼まれたダンスホールの女たちに運ばれた結果だったでしょう。その証拠にぼくは覚えています。

——アナタ、アナタ、ダイジョウブ？　気分、悪クナイ？

と呼びかける声を。

やがて目覚めたぼくは、大道寺少尉に頼まれ、打牌室の前で彼の用がすむのを待ちました。そのあとドアの向こうで起きたことは、こうです。

打牌室にはすでに死体があり、備え付けの家具の中にでも隠してありました。おそらくはぼくが酔いどれている間にでもホールを抜け出し、そこに連れこんでおいた相手を殺害したのでしょう。大道寺少尉は、それを取り出して頭部を切断。そのあと、ちょっとした茶番芸を演じました。ドアを細めにあけ、極力不自然に見えるような位置から、これまた極力異常に見えるように表情をつくり、ドーランでも塗って色蒼《あお》ざめさせた顔を突き出し、また引っこめたのです。

少尉はそのあとターバンを巻き、さらに顔にドーランを塗り、人相を隠すには格好なひげをつけてインド人巡査にまんまと化けると、打牌室から休閑室を抜け、舞台裏を経由して楽屋口から脱出しました。そのあと変装を解き、本物の〝紅頭阿三《ちまた》〟であるラジャクマール巡査に、まるで他人事《ひとごと》のように事件発生を通報し、夜の巷にまぎれて消えてゆきました――このあたりは、さっきの明智さんの推理と同じですね。

一つ補足すれば、このときの偽巡査に、切断したての首を『金星魔技団』の奇術道具の中にまぎれこませる余裕があったかどうか。ぼくはあのとき楽屋口からドヤドヤと入ってきた流氓《やくざ》か無頼《ごろつき》のような連中が、偽巡査から受け取った包みの中身をどさくさまぎれに仕込んだのではないかと考えています。いわば生首のリレーが行なわれたわけですね。

こうして、犯人は逃げ去り、あとには大道寺少尉の首なし死体が残された。そして少尉の首は、白雪麗嬢とっておきの人体切断マジックでの出番を、箱の中でひっそりと待った――という次第です」

金田一耕助は、ふだんの彼らしくもない自信と自負に満ちて語り終えた。

だが、それとは裏腹に、周囲の反応は何とも奇妙なものだった。誰もが顔を見合わせ、困惑をあらわにしている。と、そこへ、

「今の話はどういうことですか、ミスター・キンダイチ」

穏やかな口調で割って入った声があった。それは意外にも租界警察のカートライト主任警部で、さらに人々を驚かせ喜ばせたことには、彼の背後にはコートに身を包んだ白雪麗の姿があった。

「私には——こちらのミス白《パイ》やほかの諸君もたぶん同様と思うのだが、君の言っていることがさっぱりわからない。カードルームに入っていったのが大道寺少尉で、彼が去ったあとに残されたのがやっぱり大道寺少尉の首なし死体とは、いったい何のパラドックスですか」

「ああ、これは警部さん。そして、そちらが白雪麗さんでしたか。どうもはじめまして……このたびはとんだご災難でした」

金田一耕助は、笑顔で美貌《びぼう》のマジシャン、実在する雪の精《スネグーラチカ》、東洋の白雪姫《ブランシュ・ネージュ・オリエンタル》に一礼した。それから真顔にもどって、

「このパラドックスの答えは——ぼくが出会い、話し、ともに《蓬莱塢》に遊んだ大道寺真吾という人は、実はその名で呼ばれるべき人ではなかった。そのあと首と胴体のはなれた死体となって発見された人物は、同じ服こそ着ていても、その人とは全くの別人であり、こちらこそが本物の大道寺真吾氏だったのです」

「！」

人々の顔に驚きがはじけた。金田一耕助は、隠しようのないくやしさをにじませな

がら続けた。

「全てが巧妙に仕組まれたまやかしでした。いや、そのまやかしを招いたのはぼく自身です。ぼくが、たまたま拾った『夜歩く』という探偵小説本に書いてあった署名を頼りに、大道寺少尉の病室を訪ね、そこにたまたま——いえ、少尉の身辺を調べるべく忍びこんでいた全くの別人を、大道寺真吾その人と勘違いしなければ、こんなことにはならなかったのです……」

「ということは、つまり……？」

カートライト主任警部が、話の続きをうながした。

「つまり」金田一耕助は語を継いだ。「そこにいた誰か——かりにX氏とでもしましょうか——は、その場をとりつくろうため、とっさに大道寺真吾と名乗りました。ぼくが持っていた本をすんなりと受け取るためでもあったでしょう。この時点で、本物の大道寺少尉は自らの意思で失踪《しっそう》したのか、それとも彼を追うものたちによって捕えられていたのか、とにかく陸軍病院にはいなかったものと思われます。

ちなみに、ぼくは本物の大道寺少尉が『夜歩く』を談話室で読んでいる姿を遠目に見かけているのですが、そのときはつい近づきかねて、ちゃんと顔を見ていなかったのです。あっはっは、これでは探偵失格ですね。

一方、X氏にしてみれば、自分の把握していなかった少尉の持ち物とあれば、のどから手が出るほどほしかったに違いありません。実はこの本、かねて病院内に出没し、備品をちょろまかしては花壇内のキリスト像の根元に隠し、そのあと小盗児《シャオトル》市場（盗品専門の市場）あたりに売り飛ばしていたコソ泥が盗んだものと思われ、ぼくがその隠し場所を見つけてしまったことに気づいて、そのまま花壇に置いていったもので、そのためX氏の手には渡らなかったのです。

こうして『夜歩く』を手に入れたX氏は、ぼくにはまだ利用価値があることに気づきます。自分を大道寺少尉とまちがえ、しかも同じ探偵小説愛好家ということでしっぽを振っているこの二等兵を使えば、ちょっとしたトリック芝居が打てることにね。

ぶじに身柄を確保した本物の大道寺少尉を処刑し、そのぬれ衣《ぎぬ》を人気者の白雪麗嬢と彼女の『金星魔技団』に着せて、うまく自分たちの側に引き寄せ、ついでに彼女がつながっているらしき非戦派グループを芋づる式にたぐりよせる。そのための小道具として、ぼくはまさにぴったりだったわけです。

こう考えれば、なぜ大道寺少尉の首を切り落とさなければならなかったかも明らかです。ぼくに、本物の少尉の顔を見せるわけにはいかなかったからですよ。そうなればたちまち別人だと見破られてしまう。現に『金星魔技団』のショーのただ中に大道寺少尉の生首が転がりこんだとき、ぼくは虹口の憲兵隊本部できびしい取り調べを受けていましたからね。あれもまた、ぼくに〝首実検〟をさせないための計略の一環だったわけです。

いかがですか、みなさん。そして明智さん、いかがでしたか、ぼくの推理？……どうしたんです、明智さん？　返事をしてくださいよ！」

異変に気づいたときには、すでに遅かった。

「明智ならここにいるぞ！」

突然、倉庫じゅうに鳴り響いた大喝一声に、人々ははじかれたようにふりかえった。その視線の先にあったのは、奇術用品を詰めた木箱の山で、その陰からヌーッと現われた人影に誰もがアッと声をあげ、とりわけ女たちの口からは悲鳴がほとばしった。

そこに立っていたのは、まるでミイラ男みたいに顔を包帯でグルグル巻きにした怪人物。しかもそのすぐそばには明智小五郎がいて、怪人物から後頭部に銃口を突きつけられているのだった。

「明智さん！」

金田一耕助は、思わず叫ばずにはいられなかった。

たちまち、その場は異様なざわめきと緊張に包まれた。そんな中、当の明智小五郎だけはひどく落ち着きはらったようすで、

「金田一君。紹介しよう。今、僕の命運を握っているこの人物こそは、上海憲兵隊きっての辣腕《らつわん》家、蜂屋荘吉《そうきち》憲兵曹長だよ」

軽く手をあげたまま、背後にあごをしゃくって見せた。

その名前は、ブロードウェイ・マンションで明智が受けた電話のやりとりで、金田一耕助も耳にしていた。

「いつもながら、国策に協力的な名探偵殿のご紹介にあずかり、ありがとう」

蜂屋憲兵曹長は、包帯の下からくぐもった声で言った。金田一耕助の方にゆっくりと顔を向けると、

「金田一二等兵、貴様の推理、とくと拝聴させてもらったよ。こちらの明智君は貴様に推理を披露させたくなかったようだが、どうもただのデク人形ではなさそうな貴様が、どこまでのことを見抜いているかをぜひ知っておきたくてね。……おっと、明智さん。そのことがわかった以上は、あんたはもう用ずみだ。野暮なまねをしてすまなかった」

そう言って、明智小五郎の体をドンと突いた。日本一の名探偵といえども、絶対に反撃してこないことを知っているゆえの傲慢《ごうまん》さだった。

そういうことだったのか、と金田一耕助は思った。

明智小五郎は、彼に正しい推理をさせないために、知ってはならない真実に到達したことを周囲に知られないようにするために、あえてあんな推理を披露したのだ。

耕助がブロードウェイ・マンションにいるとき明智が示唆した、ドアのあわいから

のぞいたのは、実はすでに胴体から切り離された生首ではなかったかという説に、彼はどうしても納得がいかなかった。

だから、明智自身の推理では、それが前面に押し出されていたのを半死半生で聞いたときには黙っておられず、そのせいで意識を取りもどしたといっても過言ではなかった。

事実を掘り起こし、真実を知り、それを伝えようとする〈探偵〉としての本能。それが、ときとしてどういう結果を生むか。その最悪の例に直面して、金田一耕助はしかし少しも後悔していなかった。

「あらためて名乗らせてもらおう。自分は日本憲兵隊上海派遣軍の蜂屋荘吉。そして、そのほかには――」

「いえ、それには及びません」

金田一耕助は毅然《きぜん》と胸を張り、答えた。

「ぼくにとって、あなたはたった今まで全く別の人でした。大道寺真吾少尉――あなたはそう名乗り続けていた」

「まぁ、そう言うな。きちんと名乗らせてもらわないと、このうっとうしい包帯をひっぺがす機会がないじゃないか」

言いながら、蜂屋憲兵曹長はクルクルと包帯をほどいた。

やがてその下から現われたのは、かつて金田一耕助にとって大道寺真吾少尉だった人物の顔だった。

だが、あのときはあふれんばかりにあった優しさも知性も、洒脱《しゃだつ》なところも一切消え失《う》せて、見るからに酷薄で冷徹な、外国人からも恐れられるkempei《ケンペイ》そのものと化していた。ただし、微笑だけは少しも絶やすことのないままに、

「さて……誰が呼んだのか、租界警察の警部殿までがここに来ている以上は、われわれもこれ以上手を出せない。だが、あきらめたわけでもない。いずれまた次の機会に……ああ、白雪麗、実は日本人の血を引くあんたが白雪麗《しらゆきうらら》とでも名乗ってアジア親善の花となる意思があるなら、わが国の官民をあげて歓迎するよ」

「誰が――そんな！」

白雪麗はまなじりを決し、凜《りん》としてはねつけた。

蜂屋憲兵曹長は、カラカラと笑いながら、

「まあ、そう怒りたもうな。その強気もいつまで続くかな。あんたの同志とやらだった大道寺真吾の運命も、たまには思い出すといい。――それでは諸君、失敬！」

その声は、金田一耕助の耳に、ある種の痛みをともないつつ響いた。

10

「あの、金田一さん」

磯貝モヨ子は、退院してゆく患者の一人に声をかけた。手のかかる、よくわからない兵士だったが、別れとなるとまた格別だった。

「ああ、看護婦さん。こちらでは、いろいろとお世話になりました。おかげさまで——今日から前線復帰です」

金田一耕助はペコリと頭を下げた。

「また大陸のどこかですか？　私たちも前線の野戦病院に赴任する話があるんで、もしかしたら、どこかでお会いできるかもしれませんね」

モヨ子は、そんな低確率のめぐりあいを半ば本気で信じながら言った。

「いや、それは……」

とたんに、金田一耕助の表情が翳《かげ》った。

「どうやら、ゆくゆくは南方送りになりそうです。でもいいんです、ぼくは東北育ちのくせに寒いより暖かい方が好きですから」

南方という、どこかのどかな呼称の中に、何やら不吉な響きがあった。

「そうですか……」

モヨ子の声もつい沈んだものとなった。この金田一といい、入院したと思ったらすぐにいなくなった第四病棟の患者といい、自分たちのあずかり知らないところで何かいろいろあったようだが、彼の南方戦線への派遣は、それと何かかかわりがあるのかもしれなかった。

だが、そんなことは口にできるわけもなく、

「それでは……どうかご武運を」

「ありがとう、看護婦さんも、どうかお元気で……あ、そうだ、ちょっと頼まれてほしいことがあるんです」

そう言いながら金田一耕助が取り出したのは、小さな包みだった。受け取ってみると、中身はどうやら本らしかった。

「これを……郵送しておいてほしいんですよ」

言われて表書きを見ると、モヨ子も聞いたことのある《蓬萊塢《ハリウッド》》というダンスホールの所番地と、そこを気付として「金星魔技団・白雪麗様」と、これも見覚えのある名前が記してあった。

何だ、ファンレターとかプレゼントのたぐいか。女芸人あてにこんなものを託すとはこの人も意外に軽薄だったのだなと、かすかに失望しながら彼を見返すと、

「実はそれ……ある人からの預かりものなんですよ。直接渡しに行くわけにもいかず、といって上海を離れてしまっては、永久に機会はありませんからね」

「わかりました……」

モヨ子は、彼を軽蔑《けいべつ》したことをひそかに恥じながら、

「これは――本ですか？」

「ええ、探偵小説です」

金田一耕助はそう答え、モヨ子をきょとんとさせた。

天人社・怪奇密封版の『夜歩く』――一件がひとまず終わり、次の運命が告げられるまでのつかのま、金田一耕助は自分の手元に残されたこの本の密封部分を開いてみた。

彼が、〝パリー予審判事及び警吏部長のアンリー・バンコラン氏〟と同じ正解にたどり着いたかどうかは別の話として、この本には、憲兵隊の本位田中尉らが求めていた意味での価値はないとわかった。

というのも、密封部分のページの間には、一枚の紙片がはさまれていた。さてこそ、何かの機密文書かと思いきや、それは、大道寺真吾から白雪麗に向けての恋文の下書きのようなものだった。

てっきり持ち主と思いこんだ耕助から、この本を返された蜂屋曹長は、憲兵隊で慎

重に結末部分の封をはがし、中を仔細《しさい》に調べてみたのだろう。

その結果、わかったことは、その部分がすでに一度開封されていたことと、要注意人物だった大道寺少尉が、白雪麗への切々とした思いを、おそらくは相手に伝えることのないまま抱え続けていたという、彼らにはどうでもいい事実だけだった。

それがわかっていたからこそ、蜂屋曹長は一種のエサとして、あっさりとその本を耕助にくれたのだろう。そのエサがめぐりめぐって、彼をしてあの打牌室の〝密室〟殺人に取り組ませ、今こうして南方に——やがて死地となるだろう戦線に向かわせているることを思うと、何とも不思議で奇妙な気がするのだった。

不思議といえば、あのときあの場に明智小五郎が居合わせた理由だが、明智は明け方のブロードウェイ・マンションから金田一耕助に中国服を着せて送り出したあと、自分は残された耕助の服を着て外出した。案の定、尾行がついたことから逆にその素性を調べ、そこからたどり着いた「金星魔技団」に潜入し、あの水牢《みずろう》の拷問の場での華麗なる登場となったわけだった。

だが、そんな明智の配慮も結局は無駄となった——。

「ではさようなら、看護婦さん」

「さようなら」

そう答え、後ろ姿を見送りながら、磯貝モヨ子は思った――これほど敬礼の似合わない兵隊さんもないな、と。

＊

昭和十六年（一九四一）十二月八日、真珠湾攻撃と同じ日、日本軍は上海を占領し共同租界に進駐。華やかな歴史は実質的に終わりを告げた。その後、フランス租界とあわせて日本の傀儡《かいらい》である汪兆銘政権に接収され、完全に消滅することになる。一方――

金田一耕助が岡山県の農村の、旧本陣一家で起こったあの不思議な殺人事件のなぞを解いたのは、昭和十二年のことであり、当時かれは二十五、六歳の青年だった。その後かれはなにをしていたか。――なにもしなかったのである。日本のほかの青年と同じように、かれもまたこんどの戦争にかりたてられ、人生でいちばん大事な期間を空白で過ごしてきたのである。

最初の二年間かれは大陸にいた。それから南の島から島へと送られて、終戦のときにはニューギニアのウエワクにいた。

――『獄門島』より

物語を継ぐもの

いつもと同じようで、まるきり違うはずの朝だった。

「…………？」

あたしはふいに振り返った。誰かがさっきから、ずっとあとをつけてきたような気がしたからだった。

登校時のひととき。きっと何かが起こりそうで、これまで何も起きたためしがない通学路でのことだった。

制服の胸のリボンとスカートのすそが、勢いよくひるがえる。視線の先にあったのは、ちょっとした四つ辻《つじ》。その曲がり角の一つで、何かが姿をちらつかせるのを視野のはしっこでとらえた——と思ったんだけど。

あいにく、そこには誰もいなかった。人も車も、猫の子一匹通ってはいなかった。まぁ、猫が歩いていたりしたら、近寄ってしばらくかまってゆくけどね。

（何だったんだろう、今のは？）

あたしは小首をかしげ、仲間たちといろんな馬鹿騒ぎが待っている学校へと歩みを再開した。

むろん、何だってそうであるように、学園生活には退屈とかうっとうしさとかが、けっこうなパーセンテージを占めているのだが、そんなのはとりあえず無視しておくことにしよう。

というのも、その日は、あたしにとってとても大事な——ちょっとクラシックな言い方をするなら門出のときだったからだ。

何からどこへ、どんな門出をするのかというと、それは自分でもはっきりしないんだけど、とにかく何か新しい《物語》が始まろうとしていたことだけは確かだった。そして、その主人公はあたしだということも。

言っとくけど、人は誰もが自分の人生の主役とか、そういうんじゃないからね。とにかくあたしがヒロイン……というと何だか男性主人公《ヒーロー》のサブみたいで気に入らないんだけど、これはもうしょうがない。女性主人公《ヒロイン》こそがヒーローだということは、これからじっくり広めていかなくちゃ。

あたしの行く手に待っているのは、ハイスクール版のスクリューボール・コメディか壮大なファンタジーか。巻きこまれるのは異界の軍団とのバトルか、はたまた血なまぐさくも巧緻《こうち》きわまりない不可能犯罪だろうか。

ひょっとしたら、意外に明るく楽しくユルユルな放課後ライフかもしれないが、あいにくそんなことは知らないし、あらかじめわかったら、かえってつまらないだろう。

はっきりしているのは、その中身は何であれ、思いっきりドラマチックで血わき肉躍り、もしかしたらお耽美《たんび》でハートウォーミングであるかもしれないが、おそらくはご都合主義でごった煮な展開となるだろうということ。あたしにとっては、それで十分なのだった。

だとすると、さっきのあれはその予兆でもあるのだろうか。いや、どうもそうではない気がした。根拠を聞かれると困るんだけど、ま、これは主人公特権ということで。

そんなこんなで歩き続けるうちに、通っている高校の校門のすぐ前までやってきた、のだが――。

(おかしいな)

あたしは、直感的に思った。何がおかしいかというと、何もおかしなことが起こらなかったことが、だった。

てっきり、〝何か〟が突如あたしの前に現われ、とてつもない波乱を巻き起こすのだと思ったんだけど――何もなかった。がっくりと拍子抜けし、脱力してしまうほどに。

あたしはそのまま校舎へ、教室へと入り、そこでたっぷりと退屈さを満喫した。授業中はもちろん、休み時間にも昼休みにも、何も起きはしなかった。

化学実験だとか体育の授業なんて、いかにも何か起こりそうな気がしたんだけど、ほんのちょっとしたトラブルもないまま、すんでしまった。いや、全くないことはなくって、

「ん？　何、今のは……」


そうつぶやかずにはいられないことが何度かあった。

確かに、何かの気配を感じた。

それが何かはわからなかったが、錯覚なんかでなかったのは、お気に入りの人形ストラップ——誰か好きな男の子ができたら、そいつのカバンにこっそりつけてやろうと考えている——をかけてもよかった。

そのあとも、ホームルームに部活、夕日さしこむ図書室や、がらんとした廊下など、「これはきっと」と期待させるようなシチュエーションがあった。

事件の予兆、恋のきっかけ、冒険への扉——とにかく何かが起き、始まろうとし、あたしは両手を広げて、それらのどれかを待ちかまえた。

だが、その期待はあっさりと裏切られ、結局どうということはないまま過ぎてしまった。


（なぁんだ、つまらない）

思わず、内心舌打ちしたあたしだったが、だが……そのたびに察知したのだ。あの壁の向こう側や建物の陰、はては天井裏にひそむ何者かを！

単にそれらの存在だけでなく、何らかの意思みたいなものが感じられたのが妙だった。

「そう、今朝の通学路と同じあいつ……いや、あいつらだ。だって、どう考えても一人や二人じゃないもの」

しかも、だんだんに気配だけではなく、その姿をもかいま見せるようになってきたのだが、それが何とも不可解だった。

個性的というかコスプレ大会風というか、何のためにそんな連中につきまとわれるのかわけがわからなかった。

コスプレといったのは、何だかやたらド派手だったり時代錯誤だったりする衣服が、かいま見えたからだが、必ずしもそういう見栄えのいいものばかりではなかった。

一度など、やたらモジャモジャした髪の毛らしいものが見えたときには、何かそういう妖怪《ようかい》でも出たのかとゾッとした。しかもそのあと、

「…………チ君、だめじゃないか。見つかったらびっくりさせるだけじゃ、すまないよ」

「……チさん、すみません。つい気になったもんですから」

などと、ささやき合う会話が聞こえたところからすると、妖怪は二匹いて、両方ともチの字が名前の末尾につくらしかった。

——そんなことが続くうち、気づいたことがあった。

そいつらは、あたしが何かに遭遇し、事件に巻きこまれ、ドラマチックな展開の波に乗ろうとしたとたん現われるということだった。そして、その結果、期待に反して何も起きなくなってしまうらしいということも、だんだんとわかってきた。

(もし、そうだとしたら……許せないわ、絶対に!)

あたしは胸のうちで、ひそかに怒りをぶちまけた。そして、今度また同様のことがあったときに備え、あることを決意したのだった——。

そして、その機会はまもなくやってきた。

ところは黄昏《たそがれ》どきの帰り道、その途上にある児童公園。虚構と現実、あるいは虚構と虚構の境界線があいまいになりそうな時間帯でのことだった。

その、今度こそ何かが起きそうな寸前というか数瞬前で、あたしはいきなりふりむきざま叫んだ。おじさん臭い言い方をすると、一喝したのだ。

「そんなところに隠れてないで、さっさと出てきなさいよ!」

——そのあとに、何とも変てこな沈黙があった。

沈黙、だけど静寂じゃない。誰かがどこかにいて、息をひそめ、口をつぐんでいるのが手に取るようにわかった。

こうなったら、根比べ。といっても、あたしは人一倍短気と来ている。

十秒、二十秒……どこかからカラスの鳴き声が、小馬鹿にしたように聞こえてきた。一分もたたないうちに、あっさり堪忍袋の緒が切れて、

「出てきなさいったら、出てきなさい!!」

あたしはさらに叫んだ。

続けて、狭い敷地内にけっこうそろえられた、すべり台とかジャングルジム、ちょっとしたアスレチック遊具なんかをぐるっと指さすと、

「出てこなかったら、こっちから行くわよ。ただし、そうなったらただじゃすまさない。それでもいいの？」

われながら相当な迫力だと感じただけあって、効果はてきめんだった。

あたしの叫びが尾を引いて消えたあと、ちょっとざわめきが起きたかと思うと、あちこちから人影がムクリ、またムクリと姿を現わした。

(なに、あれ……)

さすがのあたしも、あっけに取られて立ちつくさずにはいられなかった。コスプレ大会なんて、生やさしいものじゃなかった。

そこにわいて出た連中の、人数の多さもさることながら、そのスタイルの時代といい場所といい、バラエティに富んでいたこととときたら！

――まずは、中世の英国からそのまま馬で駆けつけてきたような覆面の騎士《ブラック・ナイト》、続いては腰に決闘剣《レイピア》、頭には羽飾りのついた帽子といういでたちの銃士隊員《ムスカテール》。装飾美々しい中国の甲冑《かっちゅう》武者や判官、あるいは江湖《こうこ》の武侠《ぶきょう》たち。西部開拓期のガンマンもいれば、頭飾り《ヘッドドレス》も華やかなアメリカ・インディアンもいた。

かと思えば鹿撃ち帽《ディアストーカー》にインバネス、シルクハットに片眼鏡《モノクル》、はたまた探検帽《ピス・ヘルメット》に防暑服《ブッシュ・ジャケット》に身を固めた紳士たち。一気に時代を逆流して、古代ギリシャやローマの剣《スウォード・アンド・サンダル》とサンダルな人々の姿も見られた。

おっともちろん、西洋・中国ときたら、和の方も忘れちゃいけない。みずら髪に白装束の何だか神々しい人たちをはじめ、かっこいい戦国武将や王朝貴族、大百日鬘《おおびゃくにちかつら》に金襴《きんらん》の衣装というやたらド派手な人などがひしめいていた。

いかにも強そうな浪人者もいれば、ぞろりと着流しの、いかにも品のよさそうなお侍もいて、きっと若さまとか何とか呼ばれているのだろう。そのほかにも、バンカラだったりハイカラだったり、何だかよくわからなかったりする人たちでいっぱいだった。

そんな中に、何だかだらしなく小汚い和服姿の、でも妙に笑顔のかわいいおじさんがおり、そのこんがらかった髪の毛を見て、さっきのモジャモジャ妖怪はこれだったたのかもしれないと思った。

大人だけでなく子供たちもいて、こちらも童話や絵本でおなじみの姿からもっと現代に近いのまで、いろいろだった。

（な、何、これは……）

とにかく圧倒的に多勢に無勢だったから、あたしもちょっとひるんでしまった。それでもピンと背筋を伸ばして、

「で、いったいあたしに何の用なわけ？　ううん、そんなことより、何であんたたち、あたしの邪魔ばっかするの？」

すると何だかよくわからない、でも昔からずっと知っているような気もする人たちは、顔を見合わせた。

そのあと何だか、小声で話し合ってるようすだったので、パン！　と思い切りローファーの靴底で地面を踏み鳴らしてやった。

それが効いたのか、スーツにソフト帽という、そのうちでは一番まともな格好で、しかもなかなかスマートな紳士が前に進み出た。にこやかな笑顔とともに帽子を取り、さっきの雀の巣よりはるかに手入れは行き届いているものの、やっぱりモジャモジャした髪の毛をあふれさせながら、

「お嬢さん、実はですね――」

数分後、あたしは憤然として、すっかり暗がりに包まれた児童公園を大またであとにしていた。

そのときのあたしの顔ときたら、相当な見ものだったろう。だけど、あたしはそんなことを気にする余裕なんてまるでなく、たった今聞かされたばかりの話を脳内でリフレインさせていた。

(彼らは、神話や伝説の昔から今日に至るまでの英雄豪傑、騎士《ナイト》にサムライ、冒険ヒーローに名探偵、怪盗といった小説やお芝居、映画や漫画の主人公たち。それが、どうしてこんなところに迷い出てきたかというと、あたしにこれからの主人公がつとまるかが心配で、つい……だなんて、それって、むちゃくちゃ失礼じゃない!?

しかも、せっかく幕が開こうとしてた波瀾万丈《はらんばんじょう》のお話にちょっかいを出して、降りかかる危険や災難に水をさしちゃっただなんて。ははん、そのせいで、いくら待っても何も起きず、始まらなかったわけね！　ったく、何てことをしてくれるのよ！)

心外さにあたしは怒った。怒って怒りまくったあげく、ふいにおかしさがこみ上げてきた。

そんなことのために、大の大人たちがあたしなんかのところへ……そのあげく右往左往しまくって、これが本当のお話にならないってやつ？

あたしは立ち止まると体を二つ折りにし、笑い続けた。笑いに笑ったその果てに、何だかやたらと彼らに親しみがわいてきた気がした。

「ご苦労さま、みなさん」

あたしは公園の方を振り返ると、もう見えなくなった彼らに呼びかけた。

「お気持ちには感謝するけど、これからのことはまかせて。どんな《物語》でも担って、引っ張ってみせる。だから、お節介はもう無用……あたしたち女の子ってものを、くれぐれも甘くは見ないことね！」

＊

「どうも、すっかり怒らせてしまいましたね」

「いやはや、あれほどとは思いませんでした。さすがのわれわれもたじたじで……何というか、恐れ入ってしまいましたよ」

少女が立ち去ったあとの公園――。そこでは、古今東西のさまざまな《物語》の主人公たちが、やや圧倒されたようすで会話をかわしていた。

「全く、少しのひるみも見せないあの度胸と、自信のほどときてはね。それに、私たちに向けて放った啖呵《たんか》――なんて言葉を彼女自身は知らないかもしれないが――の小気味のよかったことときたら！」

さきほど少女に話しかけた、スーツにソフト帽の紳士が言った。

「本当にね。ですが、これでもうはっきりしたのではありませんか。彼女と彼女のような存在たちに、主役の座を託していいのではとね」

そう答えながら、雀の巣みたいな髪の毛をお釜《かま》帽に押しこんだのは、ヨレヨレの和服にひだの消えかかった袴《はかま》を一着に及んだ人物だった。

「まあ、確かに」

同意の声をあげたのは、黒のマントにアイマスク、夜の闇を先取りして身にまとったような、いかにも怪しげな男だ。

「今や書店の平台は、彼女のようなヒロインを描いた表紙でぎっしりと埋まっているからね。かつて、われわれのようなむくつけき者たちが占めていた位置は、もうとっくに彼女らにとってかわられている……」

「でも、本当にだいじょうぶなんでしょうか。あんな女の子に主人公の座をまかせてしまって」

「そう、まして今の彼女なんかは女子高生なんですよ？　まあ、そういう僕らは、同じ年ごろか、ずっと若かったりしますけど」

そんな疑問の声をあげたのは、キャスケット帽に半ズボン、あるいは詰襟の学生服を着た少年たちだった。

スーツにソフト帽の紳士はそれを受けて、

「そう……たとえ、それが現状であり、やむを得ない時の流れとしても、もっぱらあんな小娘が主役の座をつとめること自体が、《物語》の没落と退廃を示しているのではと心配されるのも当然だろうね」

この言葉には、同意と危惧の声があがった。

だが、これで収まらなかったのは、寄るべなき孤児だったり、お姫様だったり、運命の変転にさらされる令嬢だったりといったヒロインたちで、ここに男たちを向こうに回した熱い論争が始まりかけた。

だが、その彼女らにしても、自分たちの直系の娘ないし妹に当たるのが誰かについては確信が持てないようだった。

「ああ、みなさん。ご心配の点は、たぶんだいじょうぶですよ」

人なつっこい笑顔で議論に割って入ったのは、ヨレヨレ和服の人物だった。お釜帽の上から頭をボリボリとかきながら、

「いや、だいじょうぶどころじゃない。いま言われた、没落なり退廃を避けるための唯一の希望の星こそ、彼女なのですから」

「というのは、どういうことです？」

首をかしげたのは、恰幅《かっぷく》よく好人物そうな、いかにも〝警部さん〟といった感じの

中年男性だった。

言い出しっぺのスマートな紳士が、ヨレヨレ和服の人物にかわってその質問に答えた。

「そう……現代の男性、特に少年たちはあまりに希望を奪われ、誇りを傷つけられている。よくもここまでと思うほどがんじがらめに縛られた結果、自分たちをヒーローに仮想することさえできなくなってしまった。むろん、これは女性が味わわされてきた苦みと同じことなのだが、男たちは早々にあきらめてしまった——自分たちと同性を主人公としたお話を素直に受け入れることさえもね」

「うっ、それは……」

「確かに、そうかも……しれません」

この事実は、さっき疑問の声をあげた男の子たち——少年探偵やら少年記者やら少年科学者らも認めないわけにはいかなかった。今、最も生きにくさを感じているのは、ほかならぬ彼らだったからだ。

と、そんな気まずい空気を打ち破ろうとするかのように、

「あっはっは！」

ヨレヨレ和服の人物が、ほがらかな笑い声をあげた。

「ということであれば、ただでさえ愚かな小理屈屋たちのせいで、半ば不毛と化してしまった大地をよみがえらせることができるのは、いよいよもって彼女たちのみ——

というわけですね」

あけすけなこの発言に、紳士は微笑とともにうなずいて、

「そういうことです。つまるところ、彼女にがんばってもらうほかないわけですよ」

これには共感する姿がいくつも見られた。それを受けて、誰言うとでもなく、

「なるほどね。となれば――」

「われわれとしては、われわれの後継者たる彼女にエールを送るほかないわけですな」

「語りに文字、絵、舞台やフィルムと、さまざまな形をとりながら綴《つづ》られ続けてきた《物語》を未来につなぐために……」

「そうと決まったからには、さあ、みなさんもごいっしょに！」

「おうっ」

「合点承知！」

という力強いうなずきのあとに、声をそろえて、

「しっかりやれよーっ」

「頼んだぞ！」

彼らの叫びは、しかし去りゆく少女に届いたかどうか。というのも、彼らのはるかな後輩である彼女は、ゆっくりと降り来った闇のとばりの向こう、光さす方へと遠ざ

かっていったからだった。

だが、その思いは確実に彼女に伝わった。

そして、彼らの存在を知ったことは、少女がこれから切り拓《ひら》き、主人公をつとめる《物語》をいっそう豊かなものにするに違いなかった。

きっと彼女がこれから主役を演じる物語は、このうえなく奇想天外で野放図なものになるだろう。それればかりか、とてつもなく愉快で痛快で爽快《そうかい》なものに……。

「さて……それではぼくらも行きますか、明智《あけち》さん」

「そう、われわれ〈探偵〉の仕事が終わったわけではないからね」

「何かとやりにくい時代ですが、一度は忘れられかけた中からよみがえったぼくたちだ。何とか生きのびてみせますとも」

「もちろんだとも、金田《きんだ》一《いち》君。だが、それ以上にがんばってもらわねばならないものたちがいる。——しっかりしろ少年たち！　エキセントリックな少女たちに引っ張り回されて、『やれやれ』とか肩をすくめている場合じゃないだろう、とね」

「なるほど！」

二人の探偵は、そこで顔を見合わせ、笑いあった——新たに物語を受け継ぐ少女と、彼女に受け継がれる物語の前途を祝って！

瞳の中の女異聞——森江春策からのオマージュ

「結局、この事件は完全には解決されずじまいだったんですよ」

……………………

「まあ、たいへんあいまいな事件で申し訳ありませんが、ひとつくらいこんな話もいいではありませんか。ああ、そうそう、杉田君は完全に快復したばかりか、この事件では大いにスクープしましたよ」

――『金田一耕助の冒険』所収「瞳の中の女」より

1

今でも、あのときのことを思い出すと、あれが本当にあったことなのか、にわかにあいまいになってくる。

八月、灼熱《しゃくねつ》の太陽の下。どこまでも続く広い車道と、それに寄り添った歩道。自動車はたまにしか通らず、人影もめったに見かけない。どこもかもひどく静まり返って、まるで時が停まったかのよう。

ここが東京のど真ん中とは、にわかに信じられない。今にして思えば、お盆休みの期間だったのかもしれないが、そのときはそんなことを意識さえしていなかった。

ちょうどそんな回り合わせだったのか、人も車もピタリと姿の絶えた広い交差点をたった一人で渡ってゆくと、まるで次元の裂け目に吸いこまれ、時の停まった世界に落ちてしまったような不安に襲われる。

だが、そうでない証拠に、噴き出す汗が玉となって肌を伝い、アスファルトに落ちてはじけた。耳をすますと、ずっと遠くから都会の喧騒《けんそう》が伝わってもきた。

僕はようやく安心すると、汗をぬぐい、信号機がウインクし始めた横断歩道を小走りに渡りきった。

――そのとき僕は十八歳で、初めての東京への一人旅だった。大学受験を控え、まわりの人たちはとっくにあわてだしていたというのに、僕はのんきなものだった。どれぐらいのんきだったかというと、そんな周囲の雰囲気に乗じ、大学の下見に行くからという理由で、東への旅に出たぐらいだった。

といっても、大したことはなくて、あまり考えもせずに電車に乗って、数少ない知りあいを訪ねたり、たまたま目についた名所に立ち寄ったり。

その当時の僕は、日々テレビや雑誌から、あきあきするほどあふれ出してくる「東京」という都市に、あまり興味がなかった。全くないことはなく、行ってみたい場所の二つや三つはあったのだが、何しろ地理オンチときては思うにまかせなかった。

それでも気まぐれに歩き回るうち、暑さにやられたか、さすがにぐったりした。そのせいもあってか、この夏を無為に過ごすことの危なっかしさに、さすがに気づき始めた。いや、わかっていて先延ばしにしていたのだ。

(そろそろ帰りどきか――帰ったら、いろいろと考えなくちゃな)

などと思いながら、真っ昼間、電車に乗った。

ところが、これがなかなかやっかいな代物で、山手線は大阪でいう環状線みたいなものと思っていたら、はるかにいろいろな路線がまとわりついていて、それらがくっついたり離れたりしてややこしい。大阪環状線のとそっくりな、オレンジ色で正面から見るとカマボコ形をした電車が走っていて、これが平気で駅を飛ばしたりするから、とまどってしまった。

気がつくと、車窓の外に「かんだ／神田」という駅名表示が見えた。それは、東京知らずの僕にとっても、いろんな形で接したことのある地名だった。

時代劇や落語に出てくる地名、天神祭や祇園祭《ぎおんまつり》と並ぶ日本三大祭の場。そして、もう一つ神田といえば——。

(行ってみようか。いや、よく知らない土地だし、また今度……だけど、その今度って、いつ来るんだ?)

低まる気配も見せない気温や、明るすぎる陽光とは裏腹に、うそ寒いものが足元や背中から忍び寄ってきていた。僕はそれらを振り払いたい思いもあって立ち上がった。

そして、閉まりかけたドアのすきまから、どこか懐かしい気配のするプラットフォームに降り立ったのだった……。

そのあとが、大変だった。目に痛いまでに白く照り映えた街並みを、僕は背中をジリジリとあぶられながら歩き続けた。

だが、いっこうにめざす場所にはたどり着かない。まるで無人の街も同様とあっては、テクテクと歩き続けている道が正しいのかどうか、道行く人にたずねることさえできなかった。

道はまちがってはいなかった。ただ僕はとんでもない勘違いをしていた。

あとで聞けば、実に多くの人たちが同じあやまちを犯し、ひどいムダ足を踏まされていた——そう、神田古書街は、神田にはないということを知らないばっかりに。

そのころはまだ、ある本がたまたまそこにあるのとめぐりあわなければ、手にすることができなかった。書名を検索するだけで、それが何県何町の何々書店にあることを突き止められるなんて、夢のまた夢だった。

だから、日本で一番古本屋が集まっている神田古書街は、そのめぐりあいのチャンスを増やす最善の場所であり、本好きたちはそこをめざして神田駅で下車し、そこから神保町《じんぼうちょう》までずいぶん歩くはめになるのだった。

どれくらい歩いただろう。のどはカラカラに渇き、とにかくどこか屋根の下に入りたかった。

通りすがりの電柱に、古本屋のものらしき広告板を見つけ、吸い寄せられるように横丁から路地に入りこんだ。だが、店そのものはなくなってしまったのか見つからず、だんだんと奥まったところに踏み入ってしまった。

すっかり時に取り残され、古い映画の中に迷いこんでしまったような気にさせる街並み。そのただ中に、その喫茶店はあった。

僕が幼いときによく街角で見かけ、でも子供だから入ることはなかったのと、そっくりなふんいきの店。

僕は、高校生になって喫茶店通いの味を覚えた。大人から見ればバカバカしいだろうが、そこが何か特別な空間のように思えて、何かといえば足を運ぶようになったが、そのときにはいつのまにかなくなっていた——そんなタイプの店だった。

一瞬、躊躇《ちゅうちょ》したものの、渇きと疲れはもう頂点に達していた。僕はそこが喫茶店であり、わかりにくいが営業はしていることを確かめると、吸い寄せられるようにそのドアを押したのだった——。

2

次の瞬間、何とも奇妙な感覚に襲われた。

何百キロもの距離と、何百日かの時間。それがふいに折りたたまれて、この店の中につながった。そんな気がして、僕はその場に立ちつくした。

むろん、そんなはずはない。なのにそう思わせたのにはわけがあった。

——背後で、ひとりでにドアが閉じた。

ハッとして見回せば、そこは古本屋ともアンティークショップともつかず、何かのギャラリーのようにも見える店だった。

いかにも喫茶店らしく、テーブルや椅子がさして広くもない中に並んでおり、作りつけの棚には和風のコーヒーカップらしきものが、取っ手のないものもふくめていくつとなく収まっていた。

かと思えば、壁際の本箱には古ぼけた本がぎっしり詰まっているし、あちこちに大昔の蓄音機やら真空管時代のラジオやらタイプライターやらが置いてある。小ぶりな柄杓《ひしゃく》や竹ぼうきのミニチュアのような品は、何かの縁起物と思われた。

よくわからない品物はほかにもあって、黄金色でやたらキラキラしい金属器は香炉か何かだろうか。かと思えば、油絵を描きかけたキャンバスが画架《イーゼル》にのっかっていたりして、何だか個人の部屋のようにも思えてきた。

それやこれやに混乱させられ、そのまま席についていいのか迷ったが、ふと見ると柱に「店主自點《じてん》」うんぬん（あとの文字は読めなかった）と墨書された短冊が貼られている。

その意味こそわからなかったものの、店主というからには、ここはやっぱり店であり、客が入ってもいいのだろうと考えた。

にもかかわらず、奇妙な感覚は、いっこう僕から去らなかった。それがどこに由来するものかははっきりしていた。

店の奥、小さなカウンターの片隅に置かれた白い胸像。首から上だけだから頭像というべきだろうが、ここに入るなり、その瞳《ひとみ》のない目が僕をまっすぐに見すえた——ような気がしたのだ。

僕はほんの少しの勇気をふるい、再びそちらに視線を向けた。

とても美しい女性の顔をかたどった石膏《せっこう》像だった。ふくよかな頬をして、ひどく大人びて見える。風変わりなことには、両の耳からは本物のイヤリングがぶら下がっている。耳たぶに穴を開けて埋めこんであるから、ピアスというべきだろうか。

その異様さをいぶかるよりも、僕の中では一つの確信がかたちづくられていった。

（まちがいない、あれはあの石膏像だ……）


——僕が初めて、その女性の頭像を見たのは二年と少し前。友人の家に遊びに行ったときのことだった。

友人といっても女の子で、色白でサラサラの黒髪で、鼻の上にちょこんとのっけた縁なしの眼鏡がかわいいクラスメートだったが、それはこの話にあまり関係がない。

彼女——雪間《ゆきま》さぎりの家には、そのときたまたま父親の雪間氏が居合わせていて、ちょっと緊張しながら言葉をかわしたところ、変に話がはずんでしまった。

どうやら、歳の割に妙に古いことを知っていたり、とりわけオールドファッションな探偵小説や映画が好きということが気に入られたらしい。

僕はほんの短い期間だが、アパートで独り暮らしをしたことがある。うちの親たちは無頓着《むとんちゃく》というかのんきというか、息子が高校受験の時期だというのに、自宅の建て替え工事を始めてしまい、これには今と同様にのんきな僕も困ってしまった。

そのとき、自分が所有するアパートの一室を提供してくれたのが、クラスメートの雪間さぎりの父親で、僕は入試の合格報告とお礼を兼ねて彼女の家を訪れたのだった。

「はっはっは、森江《もりえ》君は面白い子やなあ。なかなか話せるやないか」

などと何だか上機嫌だったのは、そうした話がふだん、さぎりをはじめとする家族にはあまり相手にしてもらえていないせいらしかった。

「お父さん、もうそのぐらいにしとき」

と娘からツッコミが入ったが、雪間氏は「かめへん、かめへん」と手を振って、

「森江君かて喜んでるがな。……そや、面白いもん見せたろか。それもちょっと曰《いわ》くつきのしろもんなんや」

そう言って、連れて行ってくれたのが自分の書斎兼コレクションルームだった。そこで、僕は本物のイヤリングをつけた、美女の頭像と対面したのだった。

「昭和三十三年というから、そのころ君らは……やあ、これはすまん。まさか娘の生

まれた年を忘れたわけやないで。とにかくその年の五月やったかな、東京の吉祥寺《きちじょうじ》で奇妙な事件が明るみに出たんや。吉祥寺いうてもピンと来んかもしれんが、中央線と京王井の頭線の駅を中心に非常ににぎやかな半面、ちょっと出外れると静かな一帯になって、うっそうとした林が広がっていたりする。いわゆる武蔵野の森というやつで、もっとも今はもうその面影もないらしいが……」

雪間さぎりの父親は、僕という新たな聞き手が現われたのがうれしいのか、身ぶり手ぶりをまじえながら話してくれた。

「その武蔵野の森を背にした敷地内で、ある日、女の死体が発見された。土に埋められて一年以上たっていたというから、もうボロボロに朽ちとったこっちゃろう。警察で調べた結果、かろうじて女の身元と、彼女が何者かに刺し殺されたことはわかった。その女はとある中国人の旦那《だんな》持ちで、しかもいわゆる三角関係に巻きこまれていたらしいということもな」

旦那とか三角関係とか、おだやかではない表現が父親の口から飛び出すのを、雪間さぎりは、苦笑いしながらながめていた。たぶん、もう慣れているのだろう。

「死体の見つかった土地には、ちょっとしたアトリエが建っており、そこの持ち主というのが、中国人の旦那とともに女を取り合ってたらしい。つまり、そいつこそ三角関係の片割れ、いわば第三の男やったわけやな。彼らの名前は、えーと……」

雪間氏は話を中断すると、机の上をひとしきり探った。やがて古びたノートを手にすると、手ずれのしたページをパラパラとめくりながら、

「あったあった……なになに、死体となって掘り出された女の名は、川崎不二子《かわさきふじこ》。彼女の旦那であった中国人は陳隆芳《ちんりゅうほう》いうて、麻薬売買などのいかがわしい商売でもうけとったらしい。一方、アトリエの主はハイダ・タゾーと称してたらしく……」

「タゾー？」

と首をかしげた僕に、雪間氏は「灰田太三」と記した何かの切り抜きを示しながら、

「ほら、これや。ほかに読みようもないから、たぶんそうなんやろう」

「はあ、なるほど……そうすると、その第三の男・灰田太三《はいだたぞう》というのが、犯人だったんですか」

あまりにも単純な展開だとは思いながら、僕は訊《き》いた。すると、雪間氏は首をふって、

「いや、それが……どうもそうではなかったらしいんや」

「どうしてですか」

僕が重ねて訊くと、雪間氏は「うん、そこやねん」と大きくうなずいて、

「警察の調べによると、どうも川崎不二子の死体はよそから運びこまれた形跡があったんやな。つまり、彼女を殺したのは中国人の陳隆芳で、アトリエの主である灰田太

三は死体ごとその罪を押しつけられそうになって、自宅の庭に埋めた——こういうことらしい。で、そのへんの前後関係がようわからへんのやが、とにかく警察や探偵が問題のアトリエに踏みこんでいってみると……」

「探偵？」

いきなり飛び出した単語を聞きとがめ、僕は口をはさんだ。

「うん、何だかそういうのがいたらしいんや。まぁ、それはともかくとして」

雪間氏は、何だかよくわからない説明を加えてから、

「アトリエの中はガランとして人気《ひとけ》がなかった。どうも持ち主の灰田は姿を消してしまって、長らく無人のままだったらしい。ところが、そんな中に、ぽつんと女の首だけをかたどった石膏像が残されてたんや。なぜかイヤリングだけ本物が用いられた、なかなか美人の像がな」

「えっ、もしかして、それが……？」

僕は思わず声をあげ、息をのまずにはいられなかった。雪間氏はニヤリとして、

「そう、それがこれや。しかも、このモデルというのが、殺されて埋められた川崎不二子だったらしいというから驚くやないか。このへんのいきさつもようわからんのやが、どうも彼女の顔を見知っていたものの証言があったらしいな」

「へえ……」

僕が素直に驚きを表わすと、雪間氏はますます勢いこんで、

「さあ、これでいよいよ事件がややこしくなった。これを作ったのはアトリエの主なのか、なぜそんなものをこしらえたのか。わざわざイヤリングをつけたのはなぜか。死体を埋めたあと、発覚を恐れて逐電したのだとして、なぜそんなものを残していったのか――」

「それで……どうなったんですか」

僕は思わず身を乗り出しながら、たずねた。だが雪間氏は、いともあっさりと、

「どうにも、ならへんかった」

「へ？」

みごとに肩すかしを食らい、まぬけな声をあげた僕に、

「というのも、不二子の死体が見つかったときには、アトリエの主である灰田はいつのまにか消息知れず。旦那の陳隆芳も国外に退去していた。何しろ殺しがあってから、その発覚まで一年はたっとったからね。で、それ以上のことは何一つはっきりしないまま迷宮入りになってしもた。そんな中、捜査陣をひどくとまどわせ、今日に至るまで事件に奇妙な花を添えているのが、この美人の頭像というわけや。

……事件があいまいな形で幕引きとなったあと、これはしばらくどこかに保管されていたらしいが、その後、何人かの手を経てわしの手に入った。娘も女房も気味悪が

っていたが、これ自体が人殺しに使われたわけではないし、わしは元来心霊とか縁起がどうとかいうことには関心がのうてな。あと念のためにX線検査もしてもらったが、別に問題はなかった。中に何かが隠されていたりはもちろん、専門家の目から見て石膏《せっこう》を不自然に塗り重ねたり、削ったあともないとのことやった」

「何でまた、そんなことを？」

首をかしげた僕に、雪間氏はことさら恐ろしげな表情になりながら言った。

「そやかて、中に生首がまるまる塗りこめられてたりしたら、気色悪いやろ」

僕がギョッとした次の瞬間、雪間さぎりが父親の腕をはたいた。

「もう、お父さん、ええかげんにしィ！」

「はっはっは、ちょっとやりすぎか。けど森江君、これまでの話はみんなほんまの話なんやで。もし興味がわいたんやったら、いつか機会があったときに調べてみたらええ」

「は、はあ」

そんな機会が来るとも思えなかったが、僕はしかたなく答えた。

だが、一連のひどくぼんやりとした割り切れない物語の中で、気になったことが一つだけあり、これについてだけは問いたださずにはいられなかった。

「あの……雪間君のお父さん」

「何やね、えらいややこしい呼び方して」

言われて、単に「お父さん」と呼べばいいのかと思ったとき、ふと雪間さぎりと視線がぶつかった。そしたら、なぜか双方とも顔が赤くなってしまい、僕はあわてて言った――。

「あ、すみません。それで、今のお話の中にちらっとだけ出てきた〈探偵〉について、もしご存じでしたら教えていただきたいんですが……」

3

(そう、確かそんな話だったな……あんまりボンヤリとした話なので、その後すっかり忘れていたが)

当時のことを走馬灯のように思い返しながら、僕の心はなぜかほろ苦いものに包まれていた。

――雪間さぎりと僕は同じ高校に合格したのだが、彼女はより名門の女子高に進学することにしていた。

そのことを告げられたのは、あのとき訪ねた彼女の家からの帰り道で、そのことを思い出すと、なぜだか胸にチクリと痛いものが走る。別にそれで縁が切れてしまうわけでもなかろうと楽観していたが、結局それ以降はめったに会うこともなくなった。

だから、彼女の父親が、自慢のコレクションの一つであった頭像を手離したことなど知る由もなく、どんな事情があって、そういうことになったか見当もつかなかった。

ただ、思い当たることがあった。先日、まだこんなに日ざしが凶悪なまでに強くなる以前、たまたまあのアパートの近くを通りかかり、暮らしたのはほんの短期間ではあるものの、いろいろと風変わりな思い出の詰まった建物を見たくなって寄り道した。

ちょっと西洋館風に見えなくもない、年代もののペンキ塗り木造アパート、その名も「雪間荘」。だが、角を曲がった先にあるはずのそれは、あとかたもなく消え失《う》せていて、かわりに無機質なビルが建っていた。

ああ、あのときすでに相当に老朽化していたから、建て替えたのかな——そう想像し、少しばかり残念な思いをしながら、きびすを返した。あるいは、何らかの事情で土地ごと手離してしまったのかもしれないと一瞬考えもしたが、まさかそんなことはとすぐに打ち消したのだった。

そのとき感じた、何やら不吉で不幸なものがよみがえり、にわかに大きくふくらんだ。だが、遠く離れたこんな場所にいては、実際のところを知りようもなかった。

謎めいた頭像は、あのときの僕たちから、今この場所に至る年月と距離をとりのけてはくれたが、そこへ帰らせてくれるわけではなかった。むしろ、離ればなれであることを痛感させるばかりだった。

そのことに、何ともいえない焦りと無力感を覚え、やりきれない気持ちになった

——そのとき。

「——その石膏像が、どうかしましたか？」

ふいに投げかけられた声が、僕を回想から現実に引きもどした。

当然のことながら、そこは元の喫茶店。ただ、ついさっきまでとは違って、ふりかえった先には一人の老人が笑顔でたたずんでいた。

いや、老人というには若々しく、細身の体を見なれぬ衣服に包んでいた。たぶん和装の一種だろうが、何というのかはわからなかった。あと、白いもののまじった髪の毛が豊かで長いのが、いくぶん年不相応に感じられた。

「いえ、あの、ちょっと……」

口ごもる僕に、その老人（ということにしておこう）はにこやかな笑顔を浮かべてみせると、

「おお、ひどい汗だ。とりあえずはこれでもお飲みなさい」

と、手作りらしき陶製のピッチャーから注いだ抹茶らしき飲み物を差し出してくれた。とたんに、忘れていた渇きが、ひりつくようにのどによみがえった。

この人がここの主人なのかなと思いながら、僕はよく冷えた抹茶をあおった。

僕が片隅の席につくと、老人も近くの椅子に腰かけた。そのせいで、ちゃんとした注文をしそびれてしまった。

「それで……この像が何ですって？」

その人に問われるまま、僕はあの美人の頭像に見覚えがあること、その持ち主だった雪間氏から聞かされた事件について語った。

「ほう、ほう、それはまた……偶然とは、何とも面白いもんですな。めぐりめぐって、ここにやってくるまでの間に、この像にはそんな落ち着き場所があったとは。あなたの友達のお父さんがどういう経緯で手に入れられたかは知りませんが」

老人は、ひどく興味深そうに何度もうなずき、ふいに真顔になると言った。

「お若い人、あなたの言う通り、この石膏像には、遠い昔の忌わしい出来事がからみついているのです。いくたりかの男女の愛欲と——そして、一人の〈探偵〉の挫折《ざせつ》の物語がね」

その言葉にハッとさせられ、汗も一気に引く思いがした。次の瞬間、

「聞かせてもらえませんか、その物語を！」

僕は自分でもびっくりするような声で言い、身を乗り出していた。

「よろしいでしょう。これも奇縁というものです」

和装の老人は、そう言ってうなずくと語り始めた——かつて僕が聞かされた迷宮入

り事件を補完する別視点の、前日譚とでもいうべき物語を。

――それは、アトリエの敷地内から女の死体が発見される一年二か月前の夜。一人の新聞記者が、不可解な災難に見舞われた。

記者の名は杉田弘《すぎたひろし》。T新聞に勤務し、警察回りを経て文化部勤務となった彼は、吉祥寺の十一小路《じゅういちこうじ》に住む声楽家をインタビューのため訪問した。

そこを辞去したのが、午後八時ごろ。なぜかその四時間後、二十数キロ離れた港区の芝公園《しばこうえん》近くの路上に倒れているところを発見された。何者かに後頭部を強打されたものかと思われた。

昭和三十二年三月二十四日夜の出来事であった。

幸い、命に別状はなかったが、やがて意識を取りもどした彼は、一切の記憶を失っていた。両親や兄妹《きょうだい》はもとより、秋に結婚する予定だった婚約者・斎田愛子の顔さえわからない深刻な症状であった。

そんな彼の脳裏に、唯一とどめられていた映像があった。単に覚えているだけではなく、寝ても覚めても、目を閉じていてさえも視野から消えてくれないのだという。

それは一人の美女の顔で、年齢は二十代後半かそれ以降。首から下がどうなっていたかはわからないが、イヤリングをつけていたことはまちがいないという。

この〝瞳《ひとみ》の中の女〟こそが、彼の失われた記憶の鍵《かぎ》をにぎっているのではないか。そんな期待が高まったが、絵の描けない杉田はそのイメージを外部に伝えることができなかった。かかわりのありそうな女性たちの写真がかたっぱしから集められ、彼に示されたが、一枚として合致するものはなかった。

となれば、彼の記憶が回復するのを待つほかなく、専門病院に入院して治療を受けていたが、結果ははかばかしくないままだった。

だが、年をまたいだ昭和三十三年五月のある日、病院が火事にあった。全病棟が炎に包まれる中、杉田弘は自分だけでなく他の患者も脱出させようとして奮闘した。

そのさなかに彼は火傷《やけど》を負い、意識を失ってしまった。そして再び目覚めたとき――何と彼は全ての記憶をよみがえらせていたのである。

周囲の喜びは言うまでもなかった。だが、なぜか彼は吉祥寺にいたはずの自分が、頭部を負傷した記憶喪失者として芝公園で発見されたいきさつについて、決して語ろうとしなかった。

そればかりか、あれほど気にしていた〝瞳の中の女〟の正体についても――。記憶は残らず回復したはずなのに、一番かんじんの部分について口をつぐむとは不可解というほかなかった。

そんな弘のさらなる異変を察知したのは、悲嘆に耐えて看病を続けてきた婚約者の愛子だった。

(弘さんは、火事の際の傷が癒《い》えるのを待って、あの晩のことを自ら調べに行こうとしているのではないか。そして、それは新たな災厄を降りかからせる結果になるのではないか……)

そう案じた斎田愛子は、ひそかにとある私立探偵のもとを訪ねた。

そして、今どき着物に袴《はかま》という時代離れしたいでたちをし、蓬髪《ほうはつ》をふりたてたその探偵に、こう依頼したのだった——杉田弘に外出許可が下りたら、彼は必ずどこかに向かうはず。そうなったら、その後の行動を追跡し、婚約者の身辺を見守ってくれるように、と。

そして……五月二十八日のこと。

病院を出た杉田弘は、夕刻の雑踏でごった返す吉祥寺駅に降り立った。向かうは、事件当夜に訪れた閑静で緑深い一帯である。

そのあとを、くだんの私立探偵と、その友人である警視庁の警部が尾行していようなどとは、夢にも思わないようすであった。

彼が向かったのは、問題の晩にインタビューしに行った声楽家宅のほど近く、吉祥寺八幡宮《はちまんぐう》——人呼んで八幡様の森を背にして建つ一軒のアトリエへと入りこんでいった。

折しも大雷鳴とともに降りかかった大雨を逃れて、探偵と警部はあとに続いた。

そのとき、はからずも警部は思い出したのだ。

——杉田弘が襲われたのと同じ昨年三月のとある朝、ところも同じ吉祥寺の交番に奇妙な通報があった。それは、付近の道路に血らしいものがしたたっており、付近にあるアトリエの敷地内まで続いているというのだ。

それを受けて現場に駆けつけた警官は、血痕《けっこん》を確認するとともにアトリエの主である灰田太三をたたき起こして事情をただした。

だが、灰田は自転車での帰宅時に転倒してしまい、折れたスポークが太ももに刺さったせいだと弁明し、いかにも針金が一本外れた車輪と傷跡まで求められるまま見せてくれた。

職務熱心な警官は、傷口に当てられたガーゼの一部と路上の血痕を持ち帰って、念のため鑑識に回したが、意外にも、あるいは予想通りというべきか、二つの血液型は一致した。

そのため事件性はないものと判断され、杉田弘の災難と結びつけられることもなかったのだが、もしこの二つに関連があったとしたらどうだろう。

路上の血と灰田太三のそれは単に血液型が同じだっただけで、全く別人のものだったとしたら？　そして、杉田弘はあの警官と同様、点々と続く血の跡に引かれてここに入りこみ、そこで何者かに襲われたのだとしたら――？

アトリエ内に杉田弘の姿はなかったが、そのかわり彼らはアトリエの片隅にあるものを見出《みいだ》した。

探偵たちが、その正体と意味するところを判じかねたまま捜索を続けると、ほどなく杉田弘は思いがけない場所で、正気とは思えない行動に出ているところを発見された。

アトリエ裏手の林の中、雨こそやんだもののまだ濡《ぬ》れそぼった地面。その一角を、彼は必死になって手でかき回していた。胸もひざも泥だらけになりながら、何かを捜し出そうとしていた。

どれぐらいそうしていたろうか、やがて探偵と警部に気づくと彼は言った。

――よいところへおいでになりました。ほら、ここに女の死体が埋まっていますよ。と。

「ここに女の死体が埋まっていますよ――と、何やら狂気じみた言葉を吐いたあと、杉田弘は驚くべきことを告白しました。この死体こそが、自分をとんだ災厄に巻きこみ、記憶を失ったあともさんざんに悩ませた〝瞳の中の女〟のなれの果てなのだと。

そして――」

老人は、カウンターの片隅に愛《め》でるような視線を投げかけながら、

「――この、この石膏《せっこう》像は、彼女の顔を忠実に写し取ったものに違いないということもね」

謎めいた微笑みとともに、一場の物語に区切りをつけた。

「…………」

店内には冷房が効いているのに、汗が一筋、額から垂れた。老人はそんな僕にいたずらっぽい視線を投げかけると、

「そのあと杉田弘が、探偵に打ち明けた証言というのはこうでした。自分は吉祥寺での仕事の帰り、灰田という芸術家のアトリエに向かって点々とのびた血痕に気づき、新聞記者としての好奇心から敷地内に入りこんだ。そこで、外国語を話している二人連れの男に見つかりそうになり、あわてて陰に隠れた。

幸い男たちが車で立ち去ったようなので、そのあとさらに血の跡をたどってアトリエの下に造られた地下室におりていった。そこには棺桶《かんおけ》めいた木箱が横たえてあり、中から血がにじみ出ていた。

で、つい耐えきれず、たまたま持っていたナイフで箱をこじ開け、夜道の用心のためたずさえていた懐中電灯で照らしてみると……その光の輪の中にイヤリングをつけた女の顔が浮かび上がった。

その映像が目に焼きつけられた次の瞬間、何者かに背後から頭をなぐりつけられ、

彼はその場に昏倒《こんとう》した。そのあと芝公園まで運ばれたようだが、気がついたときには病院のベッドの上にいて、全ての記憶を失っていた——というのです。

今回、一年二か月ぶりにその一部始終を思い出したので、その真否を確かめにアトリエに来て、あのときはなかったはずの女の頭像を見て、それが〝瞳の中の女〟にそっくりなのに驚いた。

そのあと、あのとき死体を見つけた地下室に下りてみたが、自分にとってはつい昨日のように思えても、一年以上が過ぎたそこには当然何もなかった。もしかして、と庭に出たところ、草の生え方がほかと違っている場所を見つけ、夢中で掘り返してみたところ、はたして死体に行き当たった……。

これらの事実に対し、くだんの探偵が下した結論は、きわめてあやふやなものでした。つまり……」

「つまり、こういったことですか」

僕は、老人の言葉の続きをひったくるようにして言った。

「中国人の陳隆芳が愛人の川崎不二子を殺し、その罪をなすりつけようと恋敵の灰田太三の留守を狙い、彼のアトリエに死体入りの棺桶を運びこんでしまったので、その際生じた血のしたたりをたどって、見知らぬ新聞記者が入りこんでしまったので、陳ないしその配下はいったん去るふりをして彼をなぐりつけ、死体を運んできた自動車で芝公園近くに捨てた。

一方、アトリエにもどってきた灰田は、死体を見て仰天し、警察に届けられない事情でもあったのか、あわてて林の奥に埋めてしまった。そのあとになって路上の血に気づき、そこから疑いがかかるのを恐れて自転車のスポークで傷を負ったかのように偽装した――こんな感じですかね」

「おお、その通りです。とりあえず、それで辻《つじ》つまは合っていますよね。それにしても、お若い方、あなたなかなかの推理力じゃありませんか」

老人は目を丸くしたが、これぐらいの解釈は雪間氏の話と合わせれば、簡単なことだった。だが、簡単でないことがあった。

僕は「いえ……」とかすかに首を振りながら、

「でも、これだとその石膏像の由来と、それがアトリエに残されていたことの説明がつきません。そこに……何かがあるはずです」

言いながら、僕は奇妙な感覚にとらわれていた。いっそ義務感といっていいだろうか。

どういういきさつからか、雪間さぎりの家を立ち去って、はるばるとここへやってきた石膏像。それがまとわりつけてきた謎を見過ごしにしてはいけないような気がしていた。

それに取っ組めば何かが変わり、何かが開けるような気がしてならなかった。だって、そのはるか先には、あの幸せそうな雪間家があり、父親の放談にあきれるあの子の笑顔があるように思えたから。

「ほほう、するとお若い人、君には何か別の解釈があるとでも？」

老人はからかうように、だが目は笑わないまま問いかけた。

「そ、それは……」

僕は一瞬言葉に詰まり、だが思い切って続けた。

「ええ、あるにはあります」

答えたあとで、気づいた。僕が自分には縁もゆかりもない事件にこだわるのは、雪間さぎりの面影を追う以外にも、もう一つ理由があることに。

これまでの物語に出てきた一人の〈探偵〉。僕は、その人と推理でもってつながりたかったのだ。胸に抱いたのは、そんなちもない願望。それればかりか、

（目の前にいる和装に長髪の老人こそ、その〈探偵〉なのではないか。今、僕はあこがれのその人と対面して、彼の唯一の未解決事件である「瞳《ひとみ》の中の女」事件を共有しようとしているのではないか……）

――なんて、自分でも笑えてきそうなほど、はかない妄想さえも。

4

「まず僕が疑問に思ったのは」

僕は思いきって口を開いた。ぬるくなった抹茶の残りをあおると、

「新聞記者・杉田弘が語り続けた〝瞳の中の女〟というのは、いったい何だったかということです。彼はある女性の顔が寝ても覚めても目に浮かぶと言いながら、周囲にはそれを伝えることができなかった。女がつけていたというイヤリングを、唯一の例外としてね。

一年二か月後に記憶を取りもどし、灰田太三のアトリエに向かった杉田は、次いでそこの地下室に下りてゆきました。かつてそこに〝瞳の中の女〟が殺されて棺桶に収められているのを見たからというのが、その理由でした。次いで、裏手の林に入り、泥だらけになりながら女の死体を掘り出そうとし、次いでアトリエの片隅に置かれたイヤリングつきの石膏像を指さして、あれこそ〝瞳の中の女〟だと主張しました。

それをもとにして顔写真が作成され、そこから〝瞳の中の女〟は川崎不二子という女だと断定されました。この頭像を作ったのは、おそらく灰田太三。モデルは陳隆芳の愛人で、自分もひそかに狙っていた川崎不二子。だからそっくりなのは当たり前の

話です。

でも、あの石膏像がなかったとしたらどうでしょう？　ずっと土に埋まっていた死体は、白骨化までには至らないとしても、すっかり腐敗し、蛆虫《うじむし》や微生物に食い荒らされて、ことに顔面はほぼ判別がつかなくなっていたでしょうから、身元は簡単に割れなかったはずです。当時はすでに法医学が発達していたとはいえ、実に多くの無実の人が〝科学的証拠〟をもとに死刑台に送られたり、何十年も刑務所に閉じこめられたりしていましたからね。

そこで僕は考えました。もし、杉田弘の記憶喪失が土中の死体が朽ち果てるまでの時間稼ぎであり、〝瞳の中の女〟の幻影が、それを石膏像と同じ顔を持つ川崎不二子という女性に結びつけるためだったとしたら、と。つまり、杉田は一貫して記憶喪失を装った詐病者であり、彼がわざとらしくも掘ろうとしていた死体は全くの別人であり、不二子はどこか別の場所で生きていた――少なくとも昭和三十二年三月二十四日の時点ではね。

では、彼女はいったいどこへ消えたのか？　おそらく日本から姿を消した陳隆芳に同行したのでしょう。なぜそうしなければならなかったかについては、わかりませんが……」

そこが僕の推理の弱点だった。不思議な微笑をたたえる老人の反応をうかがいながら、僕は続けた。

「ここで気になるのが、吉祥寺交番の警官が見たという路上の血痕《けっこん》と、これについての灰田太三による『自転車で転倒してスポークが足に刺さった』という弁明です。これを怪しいと見る立場からすると、警官が彼のアトリエを訪ねたのは杉田弘の事件の翌朝となるでしょうが、実はその日付ははっきりしていません。

もし灰田が足にけがをしたのは故意でなく、しかもそれが起きたのは事件の前日、昭和三十二年三月二十三日晩のことだったとしたら？　そして、たまたま当人からその話を聞いた杉田が、彼に疑いの一部を着せるべく不二子の死体が外部から車で運びこまれたというストーリーを思いついた——いや、そもそも灰田の住む敷地内に死体を埋めるという工作も、そこが出発点だったと考えられなくはないでしょうか。さらには、自分もまた同じ一味に昏倒《こんとう》させられ、芝公園付近まで車で運ばれ、遺棄されたというストーリーもまた……。

アトリエにあった不二子の頭像ですが、あれは杉田が置いたものでしょう。無人の建物に一年以上も放置しておいたら、誰かが持って行ってしまいかねないし、地震か何かで落ちて壊れてしまうかもしれない。で、外に保管してあったものを持ちこんだか、アトリエ内のどこかに隠してあったのを取り出したものと思われます。つまり……」

僕は大きく息を吸いこんだ。そのあと一気に、

「つまり、新聞記者・杉田弘こそが全ての元凶であり黒幕だったということです。彼が犯人であったか、と訊《き》かれれば、それはわからないとしか答えようがありませんが……とにかく、僕の考えは以上です。——どうでしょうか？」

言い終えたあとに、おずおずと訊いた。まるでテストの採点を待つような気分だった。

すると老人は、また新たな抹茶を僕のカップに注ぐと、なぜかひどく楽しげな表情になりながら、

「いや、なかなかのものです。その歳で、縁もゆかりもない遠い昔の事件にここまでメスを入れたのは称賛に値しますが、しかしずいぶんと大きな穴があることも否めない」

その目が異様な光を帯びて、きらめいたような気がした。老人は続けた。

「最大の難点は、殺されたのが〝瞳の中の女〟こと川崎不二子でなかったとしたら、林に埋められた死体はいったい誰かということです。もう一つ、アトリエの主である灰田はどこへ消えたのか。さあ、これらについての君の見解はどんなものでしょうか？」

「そ、それは」

僕は言葉に詰まった。それまでしゃべり続けたことと、老人からの反問に必死に答えようとして、のどが再びカラカラになっているのに気づいた。

僕は吸い寄せられるようにカップをつかみ、口をつけようとした――そのとき。

「はい、いらっしゃい。何にいたしましょう」

カウンターの奥から、ふいに声がしたかと思うと、人影が一つ、歌舞伎のからくり仕掛けでも使ったかのように忽然《こつぜん》と現われた。

5

（え、この人はいったい――？）

僕はあっけにとられて、新来のその人を見つめずにはいられなかった。

――今まで話をしていた老人よりさらに年かさで、七十代だろうか。だが、顔色こそ冴《さ》えないものの小じわも目立たず、モジャモジャとした頭髪には白いもの一本見当たらない。何より表情が若々しかった。

（ひょっとして、この人がここの主人なのか？　じゃあ、今まで話していたのは何者だったんだろう）

僕はすっかり混乱してしまい、トンチンカンなことを考えた。そこへ、

「はい、とりあえずはお冷やをどうぞ」

カウンターから出てきたその人の姿は、ウールらしい単衣《ひとえ》にしわくちゃの袴《はかま》という、これも先の老人より純然たる和風スタイル。たもとを軽く押えながら僕の手からカップを受け取ると、かわりに氷水の入ったグラスを渡した。

「あ、あんた……」

先の老人は僕以上に唖然《あぜん》としたようすで、その人をながめた。するとその人はにっこりと石膏《せっこう》像を見やりながら、

「こういう首だけの像を見ると、ぼくの伝記作者を長らくつとめられた探偵小説家のY先生や、ご親友のE先生が少年時代に愛読された黒岩涙香《くろいわるいこう》の小説をつい思い出してしまいますね。それは、人間の顔を自在に作りかえることのできる天才的な医師がいて、過去を消し、新たに生まれ変わりたい男女の依頼に応じているというお話で、その医師は莫大《ばくだい》な手術料を受け取るほかに、あるものを手元に残して自らの安全を図っていたんです。

それというのは、患者の変身前と変身後の顔面を石膏マスクにして保存したものでした。なぜ、そんな古風な物語を引き合いに出したかというと、実は川崎不二子という女、旦那《だんな》の陳隆芳と組んで、とんだ今様天一坊《てんいちぼう》か和製アナスタシアをたくらんでいましてね。日ごろ警察に追われた悪党のために働いている闇の整形外科医を抱きこん

で、彼女を変貌《へんぼう》させ、戦後某地方を襲った大災害の中で行方不明になった、さる大家の跡取り娘の身代わりとして入りこませようとした」

「あんた、いったい何を……」

先の老人は、かすれた声で言ったが、それは僕自身の思いでもあった。その人は、あくまでにこやかに、

「すっかり変貌した不二子は、その結果を灰田に見せつけるためか、別れを告げるためか、おそらくはその両方の目的で吉祥寺のアトリエにやってきました。おそらくは杉田弘もいっしょにね。彼もまた、陳隆芳をふくめた黒い人間関係の一員だったのですよ。

灰田は不二子の裏切りに怒り、その無謀きわまりない替え玉計画をやめさせようとして言い合いになりました。そのとき灰田は見せつけたのです、かつて彼女をモデルに作った石膏像を。そして、こんな風に言った――。

『不二子、あんたがたとえどんなに顔を変えたとしても、ここにそうなる以前の証拠は残る。あんたがどんなに否定しようともね！』

そこで二人はいっそう激しい争いをくりひろげた。カッとなった不二子は自分のもとの顔をモデルとした石膏像を壊そうとし、灰田はそうさせまいと抵抗し……そしてついに一方が一方を殺してしまう結果に終わった。

杉田弘は、さすが事件慣れしているだけあって後始末を引き受け、犯人をその場から逃がしました。死体をアトリエの裏手の林の中に埋めると、問題の石膏像は壊してしまおうかと思案したあげく、後日のためにとっておくことにしたのは、なかなかの知恵者といえましょう。アトリエにあった造形用のドリルか何かを使って、像の耳の部分に穴をあけ、不二子が愛用していたイヤリングをはめこんだこともふくめてね。

というのは、不二子はいつも特徴のあるイヤリングをしていて、それが周囲の印象に残っていた。ひょっとしたら、変貌後のそのときも同じものをつけていて、そのことを指摘されたのも怒りに拍車をかけたのかもしれません。

だとすると、身代わりの死体にもイヤリングをつけておくに越したことはありませんが、さすがの彼も、いま死んだばかりの人間の耳に穴をあけ、不二子から外させたイヤリングを移し替えることはできなかったわけですが、おかげで石膏《せっこう》像の耳飾りだけが本物という不可解な状況を作り出し、いっそう〝瞳《ひとみ》の中の女〟の神秘性を増すことができた……」

「ちょ、ちょっと待ってください。身代わりとはどういうことですか」

僕はあわてて口をはさんだ。

「あなたのお話だと、殺されたのは川崎不二子の方ということになりますよね。一年二か月後に見つかった死体は女性だったんですから。でも、それなら、死者を川崎不二子と見せかけるためのそんな工作をする必要があったんですか。それに、いくら死体が腐敗していたとしても、彼女にほどこされた整形手術の痕跡《こんせき》が見つからなかったはずは……」

「ああ、いやいや」

その人は首をふると、優しい笑顔で僕を見つめた。そして付け加えたことには、

「殺されたのは灰田の方ですよ」

「えっ」僕は思わず叫んでいた。「で、でも、死体は女性で、灰田太三は……」

「ふむ、これは説明不足でしたね。灰田の下の名は太いに三と書いて『タミ』と読むのが正しく、彼女は実は男装の芸術家だったのですよ。単に服装ばかりでなく、男性を演じ、生まれつきとは異なる性のもとで社会生活を送っていた……」

「！」

「杉田弘は、そんな灰田タミと取材活動を通じて知りあい、そこから川崎不二子、陳隆芳とつながっていったのでしょう。ひょっとして、跡取り娘の失踪《しっそう》で莫大な財産の行き場に困っている某名家のことを聞きこんだのも彼かもしれませんが、この点ばかりは本人に訊《き》かないと……いかがですかご主人、この件についてのご意見は？」

「な、な、何のことです？」

先の老人――やはり、この喫茶店の主人だった人物は目を白黒させながら言った。

その人はたたみかけるように、

「あっはっは、ご主人、いやさ元T新聞文化部記者の杉田弘君。おとぼけはそのへんにしたまえ。このぼくが、自分にとって唯一あいまいなままに終わったこの事件のことを忘れたとでもお思いかね。石膏像の行方をそれとなく追って、いったんは大阪の好事家《こうずか》の手に渡ったものが、また東に帰ってきた——しかも、その買い手の名前を知ったとあっては、懐かしさに堪えなくてね」

「…………」

先の老人、実はこの喫茶店の主人は驚きと怒りをないまぜにした表情で、その人をにらみつけるばかりだった。

そのとき僕は気づいた。店内にあった金ピカの香炉みたいなのは茶釜《ちゃがま》（鋳物製の真っ黒いのしか知らなかった）であり、ほかに柄杓《ひしゃく》や茶筅《ちゃせん》、「店主自點」の短冊もふくめて、ここで抹茶がたてられていることを示すものだった。

和装の一種と見えたのは作務衣《さむえ》というやつで、これも茶の湯のためといえる。長めの髪は、かつて何者かに襲われたように装うため、ついやりすぎた後頭部の傷跡を隠す目的だったとすれば納得で、彼を一瞬でも尊敬する人物と勘違いしたことが、このうえなく恥ずかしかった。

その人はさらに続けて、

「なかなかいい店じゃありませんか。川崎不二子を使った財産横領計画がまんまと成功していれば、この何倍かのものが建っていたでしょうから、これは新聞社の退職金を充てたものですか。まことに悠々自適でけっこうなことですが、たまたま不思議な運命の糸に引かれて迷いこんだ少年が、自分を当の本人とも知らず告発しかけたからといって、抹茶のおかわりに一服盛るなどということは、あまりいただけませんね」

その言葉に、僕はぎょっとして喫茶店の主人——今やすっかり年老いた杉田弘を見た。

「畜生、畜生……」

よろよろと立ち上がり、あやうく倒れかかってカウンターにすがった彼の形相は、さながら悪鬼だった。

「何もかも貴様のしわざだったのか……このおせっかいで昼行灯《ひるあんどん》ぶった腐れ探偵めが！　うん、待てよ……ひょっとして、愛子がおれとの結婚を取りやめにしたことも？」

「はい、申し訳ないことですが」

その人はペコリと頭を下げると、これまでのひょうひょうとした物腰を少しも変えないまま言った。

「ぼくは、依頼人の斎田愛子さんの心と体を傷つけたくはなかったものですからね。

一年何か月も、婚約者の記憶喪失がまるきり嘘とも知らず、献身的な看護を続けた彼女をこれ以上苦しめないために……探偵の本分に反して真実を告げないために、いろいろと苦労したものですよ、はい」

「……出ていけっ、どいつもこいつもとっとと出ていけ！」

荒々しくも絶望に満ちた絶叫が、僕たちをその店から送り出した。

＊

――それから僕とその人は、とりとめもない話をしながら、やや傾いた太陽の下、ほんのりと茜色《あかねいろ》に染まりかけた街並みを歩いた。

「そうですか……森江君は、ぼくのことを知っていたんですね。まだそんな人がいるとは、うれしいことです」

「とんでもない、先生はみんなのあこがれですよ。どうして、またそんなことをおっしゃるんですか」

「いえね、Y先生が世に出してくださったぼくの事件簿が、思いがけずもてはやされたとき、当時の推理作家と称する人たちが、こんなことを言っていましてね。大先輩作家には敬意を表するが、あのような物語は新たに書かれてはならない。あそこにもどることは許されないのだ……などと」

「ええ、そういうことなら聞いたことがあります。でも、そういった人たちと彼らの作品こそ、あっさりと時代に押し流されてしまうのではないでしょうか。少なくとも僕たち若い者は、先生たちを慕い、その足跡を追うものばかりですよ」

「そうですか。それならばいいんですが……」

僕はこのうえない喜びとともにその人と語らい、その人の話に一心に耳を傾けた。今と昔の東京のこと、岡山その他の地のこと、昭和四十八年に身辺の全てを整理してアメリカに渡ったものの、再びもどってきたこと、そのあとのこと。そして語られざる冒険のこと、仲間たちやライバルのこと……。

そんな中で、僕はあなたのような存在、あなたのような〈探偵〉になりたいんです——何度もそう告げようとして。どうしても言えなかった。言えないまま、ただ歩き続けた。

ふと気づくと、周囲はいつのまにか現代そのものといった感じのビルディング群にすりかわっていた。それらの建物や、その合間に生き残った古びた店舗に掲げられた看板は、ここが神田神保町古書街であることを物語っていた。

「金田《きんだ》一《いち》……耕助《こうすけ》先生？」

僕はあわてて周囲を見回した。だが、その人の姿はすでになく、何もかもが陽炎《かげろう》のようにゆらめく街並みがどこまでも続いているばかりだった。

あとがき——あるいは好事家のためのノート

本格推理から南へ七里、探偵小説のほぼはしっこ、そこはちょうどウィットと実験精神とマニア気質の、三つの嗜好《しこう》の境にあたっているが、そこに周囲二里ばかりの小島があり、その名を贋作島《がんさくとう》とよぶ。

贋作島。——

……などと、わけのわからないパロディで始めてしまいましたが、パスティーシュコレクション『金田一耕助VS明智小五郎』、まさかの第二集の登場です。前冊をお読みになった方もそうでない方も、どうかお手に取りください。今回は、横溝ワールドと申しますか、金田一成分多めでお送りしますので、そちらのファンの方々におかれましては、ぜひお見逃しなきよう。

それでは、例によりまして収録作品のご紹介などを——。

◇

「明智小五郎対金田一耕助ふたたび」

中編「明智小五郎対金田一耕助」が、「金田一耕助VS明智小五郎」としてテレビ化されるのを記念して執筆した作品です。さて、この二人のふたたびの接点をどうしようと考えたとき、岡山が活躍の主舞台と思われがちな金田一耕助には『悪魔が来りて笛を吹く』、長編では活劇スリラーの印象が強い明智小五郎にも『暗黒星』などのお屋敷ものがあることから、焼け野原の東京で私立探偵としての再起を図る金田一と、本格探偵小説を強く志向し始めていた生みの親の姿勢を反映した明智を、没落華族の館《やかた》で遭遇させてみました。

冒頭の金田一が玉音放送を聴くシーンについては、はたしてそうしたことが可能だったかツイッターで意見を求め、その結果は「金田一耕助はニューギニアで玉音放送を聴いたか？」http://togetter.com/li/546039 にまとめられています。なお、前半に登場する個室レストラン「アスカニヤ」は、鮎川哲也先生の盟友でもあった藤雪夫氏のデビュー作『渦潮』から拝借したものです。私は探偵小説世界を、作者やシリーズを超えた地続きの世界だと考えているので（でなければ、こんな競演物など書けないわけですが）、ときどきこうした隠し味みたいなことをやりたくなるのです。

いわゆる〝斜陽〟族の悲哀と新興成金の台頭は、同時代の映画「安城家の舞踏会」や「お嬢さん乾杯」に美しく、あるいはユーモラスに描かれているところですが（横溝正史先生は『悪魔が来りて——』を当初『落陽殺人事件』と題するおつもりでした）、現実には人身売買に近い悲劇もあったようで、そうした要素も込めてみました。

しかし、そうした階級の逆転が起こりうる時代というのは、見方を変えれば風通しがいいとも言えるわけで、昭和二十年代の荒廃しカオスと化した国土のあちこちに名探偵たちが続々と誕生したのもそのせいかもしれません。

いつか東京はもとより大阪や広島、佐賀など（にそれぞれいたのです、個性あふれる素人探偵や警部たちが）で事件に取っ組んだ推理ヒーローたちを総結集して『帝都探偵大戦』とでも題した小説を書いてみたいと思っているのですが、明智・金田一の両雄ほどには読者のみなさんにはおなじみが薄そうなのが悩ましいところではあります。

また、戦争という愚行によって大人の価値観が崩壊したこの時代は、大人のミニチュアでもなければ、被保護者にもとどまらない少年ヒーローたちが台頭し、その代表格が探偵でした。そこでご登場願った〝探偵小僧〟こと御子柴進君は、横溝ワールドを代表する少年探偵で、金田一と明智両探偵が再会するなら、彼と少年探偵団団長・小林芳雄君との対面も実現させてもらおうと考えた次第です。

なお、現行の横溝ジュヴナイル作品では、金田一耕助と御子柴君が共演するものがありますが、もともとのバージョンでは由利麟太郎・三津木俊助シリーズのキャラクターであり、金田一の少年助手としては立花滋君というのがいることを指摘しておきます。

すでにごらんになっているかもしれませんが、この作品もまた山下智久さんの金田一耕助、伊藤英明さんの明智小五郎という絶妙のキャストで「金田一耕助VS明智小五郎ふたたび」としてドラマ化されました。調布の角川大映撮影所最大のステージに組まれた柳條邸のセットは、黄金時代の日本映画を思わせる豪奢《ごうしゃ》なもので、明智役の伊藤さんはその中を足早に抜けてゆく姿を見たのみでしたが、金田一役の山下さんとはごあいさつする機会を得ました。

長身に和服をスタイリッシュに着こなし、輝くようなさわやかな笑顔。なるほどこれがスターであり、新時代の名探偵像かと感じ入るとともに、このお二人から乱歩・横溝の両巨匠の世界に入ってゆく若い人たちも多いとの話に納得した次第でした。

前著『金田一耕助VS明智小五郎』の巻末に書き下ろした「金田一耕助対明智小五郎」の舞台は一九六四年。名探偵や彼らが織りなす物語の居場所が消えつつあり、古き良き《ベルエポック》東京も大きく変貌《へんぼう》するその年までは、この物語から十七年。果たして両探偵の共演の余地は残されているでしょうか？

「金田一耕助 meets ミスター・モト」

ミスター・モトというのは、アメリカの作家J・P・マーカンドが創造した日本人の探偵で、『ミカドのミスター・モト』*No Hero*（1935）を皮切りに『天皇の密偵　ミスター・モトの大冒険』*Mr. Moto Is So Sorry*（1938）など六つの長編に登場します。邦訳タイトルにあるように、日本のきわめてハイクラスな人物の命を受けて、平和裏かつ穏健に日本の国力を伸長しようとするミステリアスな人物として描かれています。

彼のイメージを一般に広め、定着させたのはピーター・ローレの主演で一九三七年から三九年にかけて八本も作られた映画で、原作ではI・A・モトと日本人らしくなくミドルネームつきの名前だったのが「元賢太郎《モトケンタロー》」とそれらしくなり、天皇直属（とは明示されてなかったはずですが）のエージェントという設定もどこかに行ってしまって、名刺に記された肩書も「大日本貿易會社《Dai Nippon Trading Company》」（*Think Fast, Mr. Moto* 1937）、「國際貿易商聯合機密調査部《キミツチヨウサブ》」（*Thank You, Mr. Moto* 1937）、「國際警察機密部長《インターナショナルポリスキミツブチョー》」（*Mysterious Mr. Moto* 1938）となり、*Mr. Moto Takes a Chance*（1938）では「元賢太郎　神戸　考古学協会／K. MOTO　KOBE／ARCHAEOLOGY SOCIETY」とトランクのふたに書いてあったり……まぁ要するにどこからともなく現われて事件を解明する正体不明の東洋人という役どころなのでしょう。

名刺などに記された日本語は手書き文字ながら正確ですし、芭蕉《ばしょう》の俳句を口にしたり「ナム・アミ・ダブツ」ととなえたりキモノ姿でくつろいだり、何より柔術と変装の名人で、いつも細縁の眼鏡をかけて髪をきれいになでつけ、小柄な体にはきっちりとスーツをまとっている。いかにも西洋人が考える日本の紳士で――でも、われわれからすると同国人どころか東洋人にさえ見えないというのが面白いところです。

もっとも、これは怪人フー・マンチューや名警部チャーリー・チャンなど珍しいことではなく、むしろ第二次大戦前夜の微妙な時期に、日本人のヒーローがこんなにも愛されていたことに驚きかつ喜ぶべきでしょう。

このミスター・モトに注目したのが唐沢俊一氏で、氏が二〇一三年の夏コミ用に刊行し、辻真先先生らも参加された「WELCOME BACK, MR. MOTO」に原稿を依頼され、ひねり出したのがこの一編です。この二人の〝日本人探偵〟の太平洋上での出会いと競演は果たしてどのようなものになったか？　マキサヲリさんによる挿絵をここに再録しましたので、あわせてお楽しみいただければ幸いです。なお唐沢氏には、めったとない題材での執筆の機会のほか、"think fast"の含意についてもご教示をいただきました。

イラスト／マキサヲリ

なお、金田一耕助氏のアメリカ留学からの

帰国時期については諸説あるようですが、「幽霊座」の記述とカレッジの卒業時期を考えて、昭和十年六月以降とする西口明弘氏の説（昭和十一年説もあり）を参考にさせていただきました。

「探偵、魔都に集う――明智小五郎対金田一耕助」

明智小五郎と金田一耕助の対面としては四作目。時代的にいうと、こちらが「ふたたび」になってしまうわけですが、どうせならばパスティーシュとして誰も手をつけていないばかりか、想像さえしていなかったであろう完全な空白地帯を舞台にしてやろうと考えました。

それは金田一探偵の人生が空費された軍隊時代。その片鱗《へんりん》は『獄門島』などに記され、そもそも金田一シリーズにはいたるところに戦争の爪痕《つめあと》が認められるわけですが、今回はそんな彼の苦渋に満ちた時代に、花も実もある一夜を添えたくて構想を練りました。

その舞台とは上海。それも治外法権に護《まも》られ、中国と西洋がごちゃまぜになった別天地。イルミネーション輝く摩天楼の下では、ありとあらゆる華やかな文化とグロテスクな罪悪がカオスをなしていた魔の都。そして、日本人にとっても〝最も近い異国〟だった街――上海。

歴史ドラマやスパイ・サスペンス、活劇スリラーではおなじみの、けれど昨今の本格ミステリにはいっこう描かれない地でもあります。太平洋戦争前夜ともなれば、世界の最先端を走っていた上海摩登《モダン》にも翳《かげ》りが生じていましたが、それでもやがて日本一の座を競い合うことになる探偵たちの出会いの場としては、これ以上のところはないように思われました。

金田一耕助が、南方に送られる前は中国大陸で兵隊生活を送っていたという記述だけを手がかりに、ならば彼を上海に連れてくるにはどうしたらいいだろう、昭和十二年の第二次上海事変の余波で——いや、あの主力は海軍陸戦隊だったが、彼を海軍の所属にしてしまっていいのだろうか？　などと自分のこの方面における不勉強を恥じながら、必死に構想を練りました。

そのうち、上海陸軍病院に看護婦として勤務していた方の回想録にめぐりあったり、上海憲兵隊の生々しい活動記録や、租界警察犯罪捜査局の警部までつとめたイギリス人の伝記を参照したりしつつ、当時の地図と首っ引きで妄想をたくましくしたのですが、調べれば調べるほど上海租界という異空間の面白さにのめりこんでしまいました。

現実の上海には二度訪れたことがあり、作中ではサッスーン・ハウス、キャセイ・ホテルとして登場する三角屋根の和平飯店《わへいはんてん》に宿泊したのですが、これをふくめた外灘《バンド》の建築群に一つ一つドラマがあり、今とは比べものにならない光と闇をともどもに抱えこんでいたのだと知ったのです。

こういう体験は「真説ルパン対ホームズ」で一九〇〇年のパリ、近作『時の審廷』で戦争前夜のハルビンを描いた際にもあって、書きながら物語空間にダイブするような感覚を味わったのですが、みなさんはいかがだったでしょうか。

そして、両探偵の推理対決。これまで、単純に勝ち負けをつける形にならないよう苦心してきましたが（そのことにご不満の向きもあったようですが）、今回はその正否が探偵たちの運命を決する形となります。戦争という現実の前では、あまりにひ弱な「推理」の果てにあるものとは——？


「物語を継ぐもの」

井上雅彦氏監修の「異形コレクション」シリーズのうち東日本大震災への祈念をこめたショートショート集『物語のルミナリエ』（光文社文庫）に寄稿したものです。

昨今の小説や漫画、アニメでは、これまでの物語でヒーローをつとめてきた少年たちが脇に回り、ブツブツへらず口をたたいてばかりいるのか——そんな発想を転がすうち、主人公《ヒロイン》の「あたし」がひとりでに動き出し、あれよあれよという間にかなりの枚数を書いてしまいました。

それではほかの作者との兼ね合い上困るということで、原稿用紙十枚までゴッソリと削るはめになり、かなりの登場人物の出番とセリフが消え失《う》せる結果となりました。まぁ、その分スッキリしたといえば、そうなのですが……。

今回収録したのは、原形版にさらに加筆したもので、こちらで重要な役割を果たす〝彼ら〟は、『物語のルミナリエ』に収録された「物語を継ぐもの」には登場しないことをおことわりしておきます。

「瞳の中の女異聞――森江春策からのオマージュ」

金田一耕助の事件簿は『本陣殺人事件』から『悪霊島』まで長短七十七編、これにジュヴナイル七編（山村正夫により探偵が金田一に差し替えられた『夜光怪人』『蠟面博士』を除く。その他も文体の強引な書き換えがされているのでテキスト選択に注意）、さらに推理クイズ形式などを足すと九十近くになるわけですが、その中でも問題作といえるのが、『金田一耕助の冒険』連作の一編「瞳の中の女」です。

なにしろこれは、金田一探偵唯一の未解決事件。記憶喪失の新聞記者の脳裏にやきついた美女の正体、やがて出現した謎めく石膏《せっこう》製の頭像と、そこになぜかつけられた本物のイヤリング。さらには路上の血痕《けっこん》、美女入りの棺桶《かんおけ》、土中からの死体発掘などなど――。

やがて金田一耕助と等々力警部の、土砂降りの雨のさなかの冒険を経て事件は一応の落着を見るのですが、そこには奇妙な辻つまの合わなさが残り、とりわけ〝瞳の中の女〟の像に明快な解決を拒まれたかのように、金田一は「未解決」を宣言してしまうのです。

自分の持ち探偵と金田一耕助を共演させ、そうすることでこそ可能な敬愛と感謝の念をささげた作品に栗本薫氏の「月光座――金田一耕助へのオマージュ」があり、そこでは金田一事件簿から「幽霊座」が選ばれましたが、その作品にならおうと考えたとき、これしかないと思えたのが「瞳の中の女」なのでした。

思えば、森江春策君がペン先から生まれたのは、私自身が十八歳のときで、むろんのこと金田一探偵譚《たん》に夢中でした。あれから三十何年かが過ぎ、探偵小説家になりたいというあのころの夢はどうやら実現したようです。

そのことへの感謝と報告を森江探偵に託して書き下ろした一編、夏の真昼の幻想にいっときなりとも遊んでいただければ幸いです。

◇

以上五編、お楽しみいただけたでしょうか。

すでにお気づきの通り、今回も杉本一文《いちぶん》画伯に装画をお願いし、あの黒い背表紙に緑の文字の文庫本に日々酔いしれていたころへとつながるゲートを開いていただきました。この場を借りて御礼申し上げます。

本作りに当たっては、角川書店の佐藤愛歌氏、小林順氏にご尽力いただき、また木魚庵こと前出の西口明弘氏には考証や貴重なご意見をいただきました。ありがとうございます。

そして何より、前著に続く二大名探偵のトリビュート作品集にご快諾をいただいた、横溝亮一先生、平井隆太郎先生に心より感謝いたします。――金田一さん、明智さん、今度はどこでお二人の冒険と推理を拝見することができるでしょうか？

二〇一四年八月

芦辺　拓

初出

明智小五郎対金田一耕助ふたたび（「小説　野性時代」二〇一三年一〇月号・一一月号）

金田一耕助meetsミスター・モト（『WELCOME BACK,MR.MOTO』）

探偵、魔都に集う――明智小五郎対金田一耕助（「小説　野性時代」二〇一四年七月号・八月号）

物語を継ぐもの（『物語のルミナリエ―異形コレクション』光文社文庫）

瞳の中の女異聞――森江春策からのオマージュ（書き下ろし）

金《きん》田《だ》一《いち》耕《こう》助《すけ》VS明《あけ》智《ち》小《こ》五《ご》郎《ろう》 ふたたび

芦《あし》辺《べ》拓《たく》

平成26年 9月25日 初版発行
令和7年 1月10日 4版発行

発行者●山下直久

発行●株式会社KADOKAWA
〒102-8177 東京都千代田区富士見2-13-3
電話 0570-002-301(ナビダイヤル)

角川文庫 18755

印刷所●株式会社KADOKAWA
製本所●株式会社KADOKAWA

表紙画●和田三造

ISBN978-4-04-102065-4 C0193

角川文庫発刊に際して

角川源義

第二次世界大戦の敗北は、軍事力の敗北であった以上に、私たちの若い文化力の敗退であった。私たちの文化が戦争に対して如何に無力であり、単なるあだ花に過ぎなかったかを、私たちは身を以て体験し痛感した。西洋近代文化の摂取にとって、明治以後八十年の歳月は決して短かすぎたとは言えない。にもかかわらず、近代文化の伝統を確立し、自由な批判と柔軟な良識に富む文化層として自らを形成することに私たちは失敗して来た。そしてこれは、各層への文化の普及滲透を任務とする出版人の責任でもあった。

一九四五年以来、私たちは再び振出しに戻り、第一歩から踏み出すことを余儀なくされた。これは大きな不幸ではあるが、反面、これまでの混沌・未熟・歪曲の中にあった我が国の文化に秩序と確たる基礎を齎らすためには絶好の機会でもある。角川書店は、このような祖国の文化的危機にあたり、微力をも顧みず再建の礎石たるべき抱負と決意とをもって出発したが、ここに創立以来の念願を果すべく角川文庫を発刊する。これまで刊行されたあらゆる全集叢書文庫類の長所と短所とを検討し、古今東西の不朽の典籍を、良心的編集のもとに、廉価に、そして書架にふさわしい美本として、多くのひとびとに提供しようとする。しかし私たちは徒らに百科全書的な知識のジレッタントを作ることを目的とせず、あくまで祖国の文化に秩序と再建への道を示し、この文庫を角川書店の栄ある事業として、今後永久に継続発展せしめ、学芸と教養との殿堂として大成せんことを期したい。多くの読書子の愛情ある忠言と支持とによって、この希望と抱負とを完遂せしめられんことを願う。

一九四九年五月三日